d

Caroline Albertine Minor

Segnungen

Aus dem Dänischen von
Ursel Allenstein

Diogenes

Der Diogenes Verlag wird vom Bundesamt für Kultur
für die Jahre 2021–2024 unterstützt

Die Nutzung dieses Werks für Text und Data Mining im
Sinne von § 44b UrhG behalten wir uns explizit vor

Die Übersetzung dieses Buches wurde
von der Danish Arts Foundation gefördert

Danish Arts
Foundation

Für meine Freundinnen

Inhalt

»Today it is snowing here & were I not confined to my bed
taking two-toned pills I would be painting a snow scene.
This would be appropriate as I have this large tube of
white and snow is white. On this truth, I will leave you.«
Flannery O'Connor in einem Brief
an Maryat Lee, März 1960

»Un souvenir peut-il être pornographique?«
Jacques Roubaud, Quelque chose noir

Villages de France

Lange verstand ich nicht, was sie sagte. Ihre Stimme klang wie aus weiter Ferne, als würde sie mir über ein windiges Feld etwas zurufen. Es brauste und toste an ihrem Ende der Leitung.

Entschuldigung, sagte ich und knipste die Lichterkette an, wer ist denn da?

Hier ist Nete, antwortete sie. Helena, bist du's?

Ich hatte Nete bisher nur einmal getroffen, an meinem achtzehnten Geburtstag vor fast zehn Jahren. Damals hatte sie einen Hosenanzug getragen, und die beiden waren früh gegangen, weil Nete ihre Allergietabletten vergessen hatte.

Ja, sagte ich.

Dein Vater ist im Krankenhaus.

Ich setzte mich auf, meine Hände waren weich vom Schlaf. Sie sagte noch etwas, das in einer Welle aus Lärm unterging.

Ich kann dich kaum hören, sagte ich, darf ich mit ihm sprechen?

Er ist nicht hier.

Dann wurde es um sie herum still. War sie hineingegangen? Ja. Das Geräusch einer Tür, die geschlossen wurde, Schlüssel, die auf eine harte Fläche geworfen wurden, Schritte, noch eine Tür.

Er ist nicht hier, wiederholte sie, und jetzt, wo ich mich nicht mehr anstrengen musste, um sie zu verstehen, fiel mir auf, wie erschöpft sie klang.

Er liegt im Krankenhaus in Limoux. Hallo, bist du noch da?

Ja.

Glaubst du, du könntest kommen?

Nach Frankreich?, fragte ich dämlich.

Nach Belvianes, ja. Glaubst du, das könntest du machen?

Mein Vater war mein ganzes Leben fern gewesen wie ein Planet, und weder ich noch meine Mutter hatten etwas unternommen, um ihn von seiner Umlaufbahn abzubringen. Als ich fünfzehn Jahre alt war, ging er ins Ausland, und nicht viel später heiratete er Nete. Seither verbrachte er die meiste Zeit des Jahres in einem Haus in der Nähe von Carcassonne in Südfrankreich. Das Haus hatte einen großen Garten und lag einige Kilometer außerhalb des Dorfes Belvianes-et-Cavirac mit seinen Märkten und schattigen Plätzen. Ich stellte mir vor, dass er in einem Straßencafé auf einem dieser schattigen Plätze seine Postkarten an mich schrieb. Abgesehen von den üblichen Phrasen stand darauf nicht viel, aber ich freute mich über sie. Jeden Sommer verbrachte mein Vater ein paar Wochen in Dänemark, die für praktische Angelegenheiten vorgesehen waren, und ich holte ihn nie vom Flughafen ab, weil ich mir sicher war, dass es ihn nicht freuen würde. Ein- oder zweimal während seines Aufenthalts trafen wir uns im selben Restaurant zum Mittagessen. Anschließend hatte ich das Gefühl, mit einem fremden, aber freundlichen älteren Herrn Smalltalk geführt zu haben.

Wenn ich meine Mutter früher fragte, warum sie nie zusammengezogen waren – oder wenigstens den Versuch unternommen hatten –, zuckte sie nur mit den Schultern und antwortete, es seien andere Zeiten gewesen. Andere Träume. Ich wollte ein Kind, sagte sie, und bekam eine Tochter mit einem guten und verlässlichen Mann – hätte ich da mehr von ihm verlangen sollen? Was hätte ich mir außer dir noch wünschen sollen? Es war nie vorgesehen, dass mehr daraus wird.

Als sie sich kennenlernten, war mein Vater für kurze Zeit mit einer Frau zusammen, die in der Sozialistischen Partei war und neu gewählte Schatzmeisterin des Chilekomitees. Um seine Gleichgültigkeit nicht allzu deutlich zur Schau zu tragen, begleitete er sie hin und wieder zu den Treffen, ohne zu verstehen, worum es ging. Politik interessierte ihn nicht. Ihn interessierte der Körper, der geheimnisvolle Körper. Infektionen und Erbkrankheiten und deren Behandlung. Eines Abends, als er wieder einmal ungeduldig bei einer solchen Versammlung in einer Turnhalle saß, an seine Arbeit dachte und sich nach den desinfizierten Flächen seines Labors sehnte, erblickte er meine Mutter. Sie saß aufrecht in der Reihe vor ihm und der Schatzmeisterin, und obwohl es Mitte August war und viele längst ihre Schuhe abgestreift hatten und sich mit dem Parteiprogramm Luft zufächelten, nahm sie zu keiner Zeit ihre Pelzmütze ab.

Sie war zweiundzwanzig Jahre jünger als er, und

noch bevor ich fünf Jahre alt wurde, war mein Vater ein alter Mann. In meiner Kindheit besuchte ich ihn nur in der Klinik. Dann setzte meine Mutter mich in seinem Büro am Institut für Infektionsmedizin ab und holte mich ein paar Stunden später wieder ab.

Als er zu Dänemarks erstem Professor für Tropenmedizin berufen wurde, war meine Mutter großmütig genug, mich an der Zeremonie teilnehmen zu lassen, die sie persönlich für elitär und anachronistisch hielt. Ich saß in einem neuen, chinesisch angehauchten Kleid, das unter den Achseln spannte, in der ersten Reihe und klatschte, wenn die anderen um mich herum klatschten, während ich teils fürchtete, teils auch hoffte, man würde mich mit ihm auf die Bühne bitten. Beim anschließenden Festessen saß ich neben einem schwedischen Herzchirurgen, der mich aus seinem Weinglas trinken ließ und fragte, ob ich schon mal einen richtigen Freund gehabt hätte, und der später, viel später, mit den Lippen an meinem Ohr flüsterte, die Aufmerksamkeit meines Vaters könne man nur erlangen, indem man mit einer sehr seltenen Infektion ins Krankenhaus kam; jetzt wusste ich es also.

Nete wartete an der Bushaltestelle auf mich, ich hätte sie nicht erkannt, aber sie stand als Einzige dort. Es regnete, und sie bot mir einen Schirm an. Wir gingen hintereinander die menschenleere Hauptstraße entlang. Vier Monate im Jahr sei das Dorf voller Leben, erklärte sie, bei den Gästen handle es sich überwiegend um französische Großstädter; sie reinigten ihre Lungen mit der klaren Luft der Pyrenäen, ehe sie Anfang September wieder zurückkehrten. Im Winterhalbjahr erhole sich Belvianes dann, genau wie andere Orte dieser Größe, vom hektischen Sommer – das Dorf ziehe sich zurück und kümmere sich um seine festen Einwohner mit ihren Blessuren und Todesfällen und Scheidungen. Sie selbst war vor über fünfundzwanzig Jahren mit ihrem ersten Mann hergekommen. Als sie gehört hatte, dass ein anderer Däne, ein pensionierter Arzt, ein Haus im Dorf gekauft hatte, war sie wütend geworden. Sie habe den Ort für sich allein haben wollen. Nete war jünger als mein Vater, ohne dass ich genau sagen konnte, wie viele Jahre es waren. Jetzt, da sie vor mir ging, erinnerte ich mich lediglich daran, dass sie damals freundlich und sehr gewöhnlich ausgesehen hatte. Ihr Gesicht gab keine Antwort darauf, warum mein Vater ausgerechnet sie gewählt hatte.

Hier ist es, sagte sie. Die frisch gekalkte Fassade

lag an der Hauptstraße, auf einem Schild über der Tür stand *Hôtel Nostalgie.*

Anfangs hatten wir im Winter geschlossen, mein Exmann meinte, es würde sich nicht lohnen, in der Nebensaison zu öffnen, aber jetzt bestimme ich. Und zwischendurch kommt doch immer mal jemand, der ein Zimmer benötigt. Menschen, die Zeit zum Nachdenken brauchen, Künstler, Leute, die einen Neuanfang planen. Sie bleiben länger als die Sommergäste, manchmal sogar Monate. Dann mache ich ihnen einen guten Preis.

Ich lauschte ihrer Stimme und den Tropfen, die auf den gespannten Kunststoff des Schirms fielen, *plack – plack – plack.*

Ich habe unser bestes Zimmer für dich hergerichtet, sagte sie und schob die Tür auf, die nicht abgeschlossen gewesen war.

Trotz der einsetzenden Dämmerung wirkte das Zimmer hell. Das Bett erinnerte an einen Schlitten, in der Ecke stand ein schwarzlackierter Schaukelstuhl. Nete trat ein und knipste nacheinander die Lampen an.

Jetzt lasse ich dich erst mal in Ruhe ankommen, sagte sie.

Ich packte auf der Patchwork-Tagesdecke meine Sachen aus, es sah nicht üppig aus; Klamotten für ein paar Tage, Kosmetikartikel und der Roman eines Freundes, durch den ich mich bislang vergeblich hindurchzuquälen versucht hatte. Soweit ich es beurteilen konnte, war das größte Problem, dass er im Grunde von nichts handelte. Ich betrachtete das Autorenfoto, er fehlte mir. Wenn ich wieder zurück war, würde ich ihn auf ein Bier einladen und etwas Nettes über das Buch sagen, und anschließend würde er nach meinem Vater fragen. Die Leute fragten immer nach meinem Vater. Vielleicht hätte ich ausnahmsweise etwas zu erzählen.

Du solltest fahren, weil *du* es willst, hatte meine Mutter gesagt, als sie am Abend vor meiner Abreise mit etwas zu essen vorbeigekommen war, und die Erwartungen so niedrig ansetzen, dass du nicht enttäuscht wirst. Dein Vater hat noch nie jemand anderen gebraucht, ich wüsste nicht, warum sich das geändert haben sollte, nur weil er krank geworden ist.

Ich tue es vor allem ihr zuliebe, sagte ich und meinte Nete.

Meine Mutter zuckte die Achseln und begann, die Kürbissuppe aufzuwärmen, die sie in zwei Gefrierbeuteln zu mir transportiert hatte.

Nach meinem Vater hatten die Männer in ihrem Leben nicht viel Raum eingenommen. Ich erinnere mich an Tage, an denen morgens fremde Schuhe im Flur standen, ich wusste noch, dass ich lächelnd einem Per, einem Johannes und einem Baart die Hand gegeben hatte. Sie durften nie lange bleiben, und falls meine Mutter ihnen nachtrauerte, zeigte sie es mir gegenüber nicht.

Ich stellte meinen Kulturbeutel auf das Bord über dem Waschbecken und räumte meine Sachen vom Bett in die Kiefernholzkommode, wo sie gerade einmal den Boden einer Schublade bedeckten. Durch mein Fenster konnte ich in das Haus auf der gegenüberliegenden Straßenseite sehen. In einem der Zimmer wurde die Deckenlampe eingeschaltet und kurz darauf wieder aus. Unter mir ging Nete auf und ab, während sie telefonierte. Ihre Stimme klang ruhig und alltäglich, beinahe munter.

Um acht zog ich mir einen zusätzlichen Pullover über und ging nach unten. Die Treppe endete in einem Wohnzimmer, das aussah, als wäre es lange nicht benutzt worden. Auf dem Fernseher lag Staub, und der offene Kamin war frei von Asche. In einer Ecke der Sitzlandschaft saß ein Teddy in einem gelben Trikot.

Wir essen hier drüben, rief mir Nete aus dem angrenzenden Raum zu. Sie hatte für zwei Personen gedeckt, am Ende eines langen Tischs, an dem zehnmal so viele Leute Platz gefunden hätten. Es duftete nach Lamm.

Konntest du dich ein bisschen ausruhen?

Ich nickte und sah zu, wie sie die grünen Blätter im Salatdressing wendete. Wir aßen, ohne viel miteinander zu reden, sie fragte mich, ob es mir schmecke. Ob ich noch etwas Wein haben wolle. Als wir fertig gegessen hatten, räumte sie ab und kehrte mit einer Kanne Tee und zwei Tassen zurück.

Ich erinnere mich nicht mehr, wie dieses Kraut auf Dänisch heißt. Es ist gut für die Verdauung, ich baue es in unserem Küchengarten an. Die Blätter sanken langsam durch das Wasser hinab und sammelten sich am Boden der Tasse zu einem dunklen Haufen.

Ich dachte, ich zeige dir das Haus, ehe wir morgen nach Limoux fahren. Im Tageslicht macht es sich besser. Der Garten ist erst im Frühjahr wieder ansehnlich, aber daran lässt sich nun mal nichts ändern. Früher haben wir zehn Minuten vom Hotel entfernt gewohnt. Das war praktisch, aber irgendwie gab es immer etwas, das man noch schnell erledigen konnte. Wir hatten nie frei.

Ich probierte den Tee. Die feuchten Blätter berührten meine Oberlippe. An dieser Stelle kam Nete nur schwer weiter. Ich glitt aus der Situation hinaus, oder durch sie hindurch, auf die Unterseite. Nete schloss die Augen und lächelte.

Normalerweise bin ich nicht so, sagte sie, es war eine –

Ja, natürlich, sagte ich. Sie brauchte nicht mehr zu erklären, sie sollte es lieber lassen.

Nete richtete sich auf dem Stuhl auf, als wollte sie so ihr Inneres abstützen.

Ich freue mich, dass du gekommen bist.

Eine halbe Stunde später lag ich im Bett und hörte, wie die Haustür zufiel und der Motor angelassen wurde, dann war es still. Ich strengte mich an, nicht an den Rest des Hotels zu denken, verdrängte standhaft die leeren Zimmer und den kalten Kamin aus meinem Bewusstsein. Es gab nichts als die beruhigende Schwere der Wolldecke über dem Federbett, die Straßenlaterne vor dem Fenster.

Frühstück, sagte Nete und reichte mir eine Papiertüte und einen grünen Apfel. Sie hatte Lippenstift aufgelegt und ihr Haar mit einer silbernen Spange hochgesteckt. Auch ihre Kleidung wirkte weniger praktisch und eleganter als das, was ich gestern an ihr gesehen hatte. Eine Frau blieb stehen, um sie zu grüßen, und da Nete mich nicht vorstellte, holte ich das Croissant aus der Tüte und biss davon ab. Die Luft war kühl, aber die Sonne schien. Am Himmel schwebten kleine, kreideweiße Wolken vorüber.

Spring rein, sagte sie schließlich und öffnete mir die Beifahrertür ihres Autos.

Es war ein praktischer Kastenwagen, in dessen Kofferraum sich die leeren Obstkissen bis unter die Decke stapelten. Auf dem Fußboden neben meinem linken Fuß lag eine Leine mit einem Karabinerhaken am Ende.

Habt ihr einen Hund?, fragte ich und hob die Leine.

Einen Schäferhundmischling, Arlequine. Wir nehmen sie gleich mit zu deinem Vater.

Ich hatte ihn nie von Tieren reden hören, und wenn ich jetzt darüber nachdachte, hatte ich ihn noch nie auch nur in der Nähe eines Tieres gesehen. Ich aß das restliche Croissant und wischte die Finger an der Tüte ab. Nachdem wir uns durch die schmalen Gassen gefädelt hatten, bogen wir rechts auf eine größere Straße ab, die um das Dorf herumführte, und für einige Augenblicke bot sich uns ein vollkommen unverstellter Blick auf die Pyrenäen. Es war etwas anderes, sie jetzt zu sehen, als gestern bei Regen in der Dämmerung; die Täler waren grün und braun, die schneebedeckten Gipfel funkelten in der Sonne. Tief unter uns spiegelte der Fluss Aude den Himmel. Am liebsten hätte ich sie gebeten, am Rand zu halten.

Nete fuhr einige weitere Kurven nach oben, dann hielten wir vor dem Haus meines Vaters. Das Grundstück lag an einem Hang, und ganz oben auf der Anhöhe stand das Haus halb versteckt hinter ein paar niedrigen Bäumen.

Kirschen, sagte Nete, als wir daran vorbeikamen, und das da drüben sind Pflaumen. Es war ein Steinhaus mit zwei Stockwerken und nur wenigen quadratischen Fenstern, deren Läden geöffnet waren. In einem Beet unter den Wohnzimmerfenstern lagen ein paar schleimige schwarze Stängel auf dem Boden. Wenn man sich auf die Zehenspitzen stellte, konnte man dort unten zwischen den gewaltigen Felsmassen den Fluss erkennen.

Du hättest im Frühjahr kommen sollen. Nete blickte resigniert auf die unterschiedlichen Stufen von Verkümmerung, die uns umgaben.

Ich folgte ihr durch die Haustür. Ein schallendes Bellen und das Geräusch von Tatzen auf Bodenfliesen, dann stürzte sich der Hund auf uns. Arlequine sprang hoch, rutschte aus und drehte sich um die eigene Achse, während sie immer wieder mit ihrem kräftigen Schwanz gegen die Türrahmen klopfte. Nete ging in die Hocke und hielt Arlequines Kopf zwischen ihren Händen fest, bis sie sich beruhigt hatte und hinter uns ins Wohnzimmer trottete.

Als ich deinen Vater kennenlernte, wurde es gerade renoviert, sagte sie und warf ihre Tasche auf den Boden. Als ich das erste Mal von seinen Plänen erfuhr, sagte ich, er solle es abreißen und etwas Neues bauen. Doch er hatte sich in das Haus verliebt, wie es war, und hat nicht auf mich gehört. Zum Glück.

Alle ebenen Flächen wurden für Vasen und Kerzenständer, Steine aus dem Flussbett und Obst aus gefärbtem Glas genutzt. In einer Ecke rechts neben einem offenen Kamin standen der Hundekorb und zwei Metallnäpfe.

Die Küche ist winzig, erklärte Nete und verschwand hinter einem Perlenvorhang, aber die meiste Zeit des Jahres essen wir draußen.

Es passten gerade so ein Klapptisch und zwei ungleiche Stühle hinein. An der Wand hing eine

Reihe von Tellern. Ich versuchte vergebens, meinen Vater an diesen Tisch zu setzen. Er blieb stehen, aufrecht und wachsam, in seinem Kittel.

Nachdem wir das halbe Haus besichtigt hatten, verlor Arlequine das Interesse und trollte sich in den Garten. Nete ging voran in die obere Etage und öffnete nacheinander die Tür zu einer Nähstube, einem Schlaf-, Bade- und Gästezimmer. Zuletzt führte sie mich den Flur entlang ins Büro meines Vaters.

Es war der schönste Raum des ganzen Hauses. Zwei Fenster gingen auf den Garten hinaus, und vom Schreibtisch hatte man Aussicht auf das Tal und den Fluss; die grauen Windungen der Straße, die auftauchten und wieder verschwanden. Zum ersten Mal erkannte ich meinen Vater in der Umgebung wieder, aber selbst hier wurde die unpersönliche Ordnung, die er normalerweise bevorzugte, von unerwarteten Details aufgeweicht. Der Zitronenbaum in einem Kübel auf dem Fensterbrett, die Muschelschalen auf dem Regal und das Rautenmuster des Kelims. Ich blieb in der Tür stehen, während Nete mit einem der widerspenstigen Fenster kämpfte.

Hier wird es stickig, wenn alles so unberührt bleibt, sagte sie und stemmte sich mit aller Kraft dagegen. Der Rahmen gab mit einem Knarzen nach, ein kalter Wind fegte herein und bewegte die Blätter an dem kleinen Baum.

Arbeitet er immer noch?

Ich blickte auf seinen Schreibtisch. Dort standen ein stationärer Computer und ein neuerer Drucker, in einer Plastikkiste lagen ein paar Zeitschriften und geöffnete Umschläge.

Er hält sich auf dem Laufenden, sagte sie, liest Artikel und schreibt ab und zu auch selbst ein bisschen. Bis vor wenigen Jahren hat er noch an den wichtigsten Konferenzen teilgenommen. Sie zog einen Ordner aus dem Regal und schob ihn wieder zurück.

Ich mische mich da nicht ein.

Die ganze Fahrt bis nach Limoux hatte ich den ungeduldigen Hundekörper zwischen meinen Beinen. Es waren weniger als vierzig Kilometer, doch wegen der Berge und schmalen Straßen brauchten wir über eine Stunde, und als wir in die Stadt hineinfuhren, hatte sich der Himmel zugezogen. Nete parkte und befestigte die Leine mit dem Karabinerhaken an einem Ring in Arlequines Halsband. Es zuckte und bebte unter dem Fell.

Da drüben ist es, sagte sie und deutete auf mehrere Sandsteingebäude auf der anderen Seite des Flusses. Sie erinnerten eher an ein Museum oder ein

Rathaus als an ein Krankenhaus. Wir gingen über eine Brücke und überquerten den Platz vor einer gotischen Kirche, deren Turm trocken und schwarzgrau vor dem weißen Himmel aufragte. Arlequine war es nicht gewohnt, an der Leine zu gehen, sie zog und winselte, und Nete musste sie ständig mit einem jähen Ruck wieder auf ihren Platz zerren.

Darf sie mit reinkommen?, fragte ich. Arlequine hatte gerade lange und laut einen Hund angebellt, der auf der anderen Straßenseite vorbeilief.

Nicht ins richtige Krankenhaus, nein. Ins Rehazentrum aber schon, dort sollen es die Patienten etwas gemütlicher haben, deswegen.

Ich hatte meinen Vater seit über einem halben Jahr nicht getroffen und plötzlich gar keine Lust mehr, ihn je wiederzusehen. Der Gedanke an ihn in einem dieser jämmerlichen Baumwollhemden bereitete mir Unbehagen. Letztlich hatte ich keine Ahnung, wie schlimm es um ihn stand.

Nete, sagte ich.

Sie lächelte aufmunternd.

Wir sind gleich da. Es sind die Häuser dort drüben. Sie deutete auf einen niedrigen Anbau, der aussah, als wäre er irgendwann in den Siebzigern dazugekommen.

Weiß er, dass ich komme?

Sie nickte.

Ich habe gestern Abend mit ihm telefoniert. Ich wollte nichts sagen, bevor du nicht tatsächlich aus dem Bus gestiegen warst, Helena. Ich konnte mir ja nicht sicher sein. Es ist so viele Jahre her.

Nein, natürlich, sagte ich.

Er trug seine eigenen Anziehsachen. Im Grunde sah er nicht viel anders aus als vergangenes Jahr im Café Dag H. Dünner vielleicht? Aber etwas war passiert, denn er erhob sich nicht aus dem Rollstuhl, in dem er saß, und als ich mich hinunterbeugte, um ihn zu umarmen, blieb sein rechter Arm schlaff an der Seite hängen wie eine Attrappe. Die Hand ruhte in einem unnatürlichen Winkel auf einem Kissen in seinem Schoß.

Hallo, mein Freund, sagte Nete und küsste ihn auf die Stirn, und eine Zeit lang betrachteten wir alle Arlequine, die um ihn herumstrich, seine gesunde Hand ableckte und sich hinter den Ohren kraulen ließ.

Es klopfte, und ein junger Mann kam mit Tee und einer Karaffe mit Saft herein. Nete begrüßte ihn aufrichtig herzlich. Sie wechselten ein paar Worte, anscheinend ging es um meinen Vater, dessen Aufmerksamkeit immer noch dem Hund galt.

Möchtest du einen Tee?, fragte ich und hob die Thermoskanne.

Er reagierte nicht.

Hättest du gern einen Tee, Papa?

Beim letzten Wort zuckte er zusammen und sah mich zum ersten Mal direkt an.

Ja, bitte, murmelte er.

Ich schenkte uns allen Tee ein und war mir unsicher, ob ich die Tasse zu ihm bringen sollte oder ihn zur Tasse. Glücklicherweise hatte Nete ihr Gespräch gerade beendet und schob den Rollstuhl mit einer unerschrockenen Bewegung so nah an den Tisch, dass sein eingesunkener Bauch gegen die Kante stieß.

Das sind doch gute Nachrichten, sagte sie und setzte sich neben ihn. Michel sagt, du könntest bald nach Hause.

Ich habe das Gefühl, das sagen sie jetzt schon ziemlich lange, erwiderte er.

Nete sah mich freudestrahlend an.

Er macht gerade wirklich Fortschritte. Michel sagt, du bekommst einen Rollator mit, damit du deine Beine wieder in Schwung bringst. Er sagt, ihr hättet schon ein bisschen trainiert?

Michel sagt, sagte mein Vater. Nete überhörte es.

Es wird jedenfalls schön, dich wieder zu Hause zu haben, sagte sie und drückte seinen Nacken, ganz offensichtlich an seine schlechte Laune gewöhnt oder einfach nur fest entschlossen, sich die guten Neuigkeiten nicht davon verderben zu lassen.

Nach einer Woche war ich es leid, jeden Abend meine Unterhose im Hotelwaschbecken zu spülen. Ich war es leid, abwechselnd dieselben beiden Oberteile zu tragen, und ich hatte einen hässlichen Ölfleck auf meiner Jeans. An einem windigen Morgen stand ich früh auf und nahm den Bus nach Carcassonne. Die Auswahl in Belvianes sei eher dürftig, hatte Nete gestanden. Sie bot mir an, mich mitzunehmen, weil sie ohnehin meinen Vater besuchen wollte, aber ich freute mich auf die Busfahrt und darauf, allein zu sein. Bisher hatten wir die meiste Zeit gemeinsam im Hotel oder im Auto zum oder vom Krankenhaus verbracht.

Wenn die Auswahl im Dorf dürftig war, war sie in Carcassonne nicht allein dürftig, sondern auch geschmacklos. Die französischen Größen und Schnitte passten mir nicht, und schließlich kaufte ich fast alles in einem Sportgeschäft, wo die Stoffe wenigstens elastisch und in neutralen Farben gehalten waren. Carcassonne war noch viel touristischer als Belvianes, das nur im Sommer auflebte und für den Rest des Jahres in einem Dornröschenschlaf versank. Abgesehen von mir waren nur vereinzelte Touristenpärchen unterwegs, die planlos umherstreiften und sich gegenseitig fotografierten. Ich spazierte einige Stunden die schmalen, kopfstein-gepflasterten Straßen entlang, besuchte eine Kirche und ein kleineres Stadtmuseum, in dem Priester-gewänder und alte Apothekengläser ausgestellt waren. Ich fragte den Mann an der Kasse, was es mit den Gläsern auf sich habe, aber er zuckte nur die Achseln und sagte, sie seien Teil der Daueraus-stellung.

Um ein Uhr beschloss ich, dass es spät genug sein müsste, um Mittag essen zu gehen, und setzte mich in ein Restaurant, das leer war, aber so klein, dass man die Leere vergessen konnte, wenn man am Fenster saß.

Als ich am späten Nachmittag wieder ins Hotel zu-rückkehrte, standen zwei große Lieferwagen direkt vor dem Eingang. Im Erdgeschoss brannte Licht, und Netes Auto parkte ein Stück weiter die Straße hinab. Ich schob die Tür auf und stieß mit einem Mann zusammen, der eine große Metallkiste trug. Er trat wortlos zur Seite und ließ mich vorbei.

Im Flur wurde ich von Stimmengewirr emp-fangen, und die Garderobenleiste, an der bisher nur die Regenschirme und ein vergessenes Hals-tuch gehangen hatten, war jetzt unter Bergen von feuchten Jacken verborgen.

Sie saßen um den Esstisch und auf dem niedrigen Sofa und waren ins Gespräch vertieft, als fühlten sie sich wie zu Hause, jemand hatte den Kamin eingeheizt. Ich wickelte mich aus dem Schal und trat ein. Sie sahen kurz auf, einige grüßten. Nete stand am anderen Ende des Zimmers und redete mit einem großen Mann, der eine Wollmütze trug.

Helena!, rief sie und winkte mich herbei. Komm und begrüß unsere Gäste.

An ihrem weichen Hals bildeten sich rote Flecken, als sie erklärte, Patrick sei der Produzent einer Fernsehserie über das Leben in den kleinsten Dörfern Frankreichs. Das Team habe einige Wochen weiter im Norden gedreht, und jetzt seien die Pyrenäen an der Reihe. Sie hätten geplant, Belvianes als Ausgangspunkt zu nehmen, das erstbeste Hotel angerufen und Betten für zwölf Personen für mindestens eine Woche gebucht, inklusive Frühstück. Nete entschuldigte sich begeistert dafür, dass ich deshalb leider mein Zimmer räumen müsse.

Das ist sehr freundlich von dir, sagte Patrick und bedachte mich mit einem breiten, gleichgültigen Lächeln, ehe er sich wieder an Nete wandte, um die letzten Details zu klären.

Am selben Abend zog ich aus dem Hotel aus und ins Gästezimmer meines Vaters. Zwei Tage

darauf war er gesund genug, um unter der Bedin-
gung, dass er unten im Wohnzimmer schlief, aus
dem Krankenhaus entlassen zu werden.

Ehe ich es noch ein weiteres Mal aufschieben konnte, verließ ich das Bett und holte meine neue Laufhose aus einer Plastiktüte. Ich riss das Preisschild von einem Sport-BH ab, zog mir einen Kapuzenpullover über den Kopf und ging zu meinem Vater hinunter. Er saß auf dem Sofa und starrte auf die Fernbedienung, die ein paar Meter entfernt auf dem Boden lag.

Guten Morgen, sagte ich und reichte sie ihm.

Er sah mich an.

Wo willst du hin?

Ich machte eine weitläufige Geste und drehte mich um.

Eine Runde laufen gehen.

Bei dem Wetter?

Ich blickte aus dem Fenster, die Sonne schien. Der Rasen war von Raureif überzogen.

Ja, sagte ich und holte mir in der Küche eine Banane.

Im Wohnzimmer wurde der Fernseher eingeschaltet. Ich erkannte die Melodie. Es war dieselbe Vormittagssendung, die er immer sah. Ich aß die Banane hinter dem Vorhang, dann ging ich hinaus, um meine Schuhe anzuziehen.

Kommt Masood heute?, rief er aus dem Wohnzimmer. Der Physiotherapeut streckte und beugte die langen, dünnen Beine meines Vaters und ermu-

34

tigte ihn mit Zurufen, wenn er zitternd vor An-
strengung seinen Arm ein paar Zentimeter hob.

Er kommt immer dienstags und donnerstags.

Und welchen Tag haben wir heute?

Donnerstag.

Hm.

Ich schloss die Tür hinter mir, erleichtert darüber, frische Luft zu schnappen. Der Kranken-
hausgeruch hing am Körper meines Vaters und
hatte sich schnell im restlichen Haus ausgebreitet.
Das Gras knisterte unter meinen Schuhsohlen, als
ich mich in Bewegung setzte und das Grundstück
hinuntertrabte.

Ich war schon mehrere Jahre nicht mehr Laufen
gewesen. Nach einer Viertelstunde in den steilen
Bergen klebte das Sweatshirt an meinem Rücken,
und jedes Mal, wenn ich auftrat, dröhnte die Er-
schütterung durch mein ganzes Bein. Ich verspürte
keinerlei Leichtigkeit, nichts von dem, was mir die
aerodynamische Form der Schuhe versprochen
hatte. Der Rhythmus der Musik, die ich hörte,
war entweder zu schnell oder zu langsam. Ich riss
mir die Kopfhörer herunter und lief einige Minuten zum Geräusch meines eigenen, angestrengten
Atems weiter. Dann blieb ich stehen und legte
mich auf eine niedrige Steinmauer. Die rohe Kälte
des Granits drang durch den Stoff und weiter bis

zum Rücken und zu den Pobacken. Wütend starrte ich in den Himmel und verlängerte meinen Blick ins Blaue, Tiefe, bis meine Augen zu brennen begannen.

Auf dem Rückweg blies mir die ganze Zeit ein kalter Wind in den Nacken, bis ich das Haus gerade noch rechtzeitig erreichte, um Masoods gelben Mazda auf das Grundstück biegen zu sehen. Der junge Mann im Kittel stieg aus und winkte mir zu. Ich trabte das letzte Stück zu ihm.

Wie geht es deinem Vater heute?

Ich sagte, sein Zustand habe sich kaum verändert. Er sei die ganze Situation leid. Masood nickte ernst (seine Grundstimmung war eine tröstliche Ernsthaftigkeit), zog einen Rollkoffer aus dem Auto und folgte mir zur Haustür. Er stellte seine Winterstiefel auf die Matte, zog sich die Strümpfe aus und schlüpfte in Badelatschen. Seine Füße waren tabakfarben und gepflegt.

Guten Morgen, Professor, rief Masood ins Wohnzimmer.

Ich überließ die beiden Männer einander und ging unter die Dusche. Durch das prasselnde Wasser hindurch hörte ich meinen Vater in seinem korrekten und umständlichen Französisch jammern und schimpfen.

Als ich wieder im Gästezimmer war, zog ich

meine neuen elastischen und farblosen Sachen an und schrieb meiner Mutter eine knappe Mail. Alles sei in Ordnung, ich würde bald wiederkommen. An meine Chefin schrieb ich, mein Vater sei immer noch sehr krank und ich könne nicht genau sagen, wann ich wieder zur Arbeit erscheine. Ich fügte hinzu, ich würde hoffen, sie verstehe mich, und war mir sicher, sie tat es nicht. Die Ausstellung sollte in weniger als einem Monat eröffnen, und es war meine Verantwortung, die richtigen Artikel zu finden und sie auf Stellwände drucken zu lassen. Der Gedanke an das Archiv und den faden Geruch von altem Papier erfüllte mich mit einer Schwere, die sich normalerweise nur mit Alkohol vertreiben ließ. Ich hatte weder meinen Schreibtisch aufgeräumt noch eine andere studentische Hilfskraft in meinen Aufgabenbereich eingearbeitet, bevor ich abgereist war.

Agnete? *Agnete!*

Die Stimme kam aus dem Garten, ich eilte zum Fenster. Dort lag mein Vater der Länge nach auf dem Plattenweg. Arlequine stand ein Stück entfernt neben dem umgekippten Rollator und bellte aufgeregt.

Nein, nein, nein, sagte ich den ganzen Weg die Treppe hinunter. Aus irgendeinem Grund hatte ich panische Angst, er könnte verschwunden sein, bevor ich bei ihm ankäme.

Nein, nein, nein.

Trotz seiner Magerkeit war er nur schwer zu bewegen. Die Muskeln in seinen Beinen gaben nach, und ich musste all meine Kräfte aufbringen, um ihn auf einen Gartenstuhl zu hieven.

Was hast du *gemacht*?, fragte ich, als er wieder sitzen konnte, ohne zur einen oder anderen Seite zu kippen. Und wo ist Masood?

Weggefahren, murmelte er. Er hatte eine schmutzige Schürfwunde am Kinn, und aus der rohen, rosafarbenen Wunde perlten winzige Blutstropfen hervor.

Was hast du gemacht?

Er deutete auf etwas, das am Ende der abgedeckten Beete lag. Der Hund starrte uns an, sein buschiger Schwanz hing schlaff herunter. Ich holte tief Luft.

Papa?

Hol mir das doch mal, sagte er.

Ich stand auf und holte das Schild. Es steckte nicht besonders tief in der Erde, ich konnte es herausziehen, indem ich es hin- und herdrehte. Eine Karotte war darauf gemalt, das grüne Büschel war schon fast abgeblättert.

Das hier?, fragte ich und hielt das Schild hoch, er nickte und zeigte erneut in die Richtung.

Da sind noch mehr, unter …, er verstummte und

beugte sich vor, als könnte er das fehlende Wort zwischen seinen Füßen finden.

Ich schlug die grüne Plane zur Seite, und am Ende jeder Reihe stand ein kleines Schild, einige davon ramponierter als andere. Ich sammelte sie ein und kehrte damit zu ihm zurück.

Sie hätten schon drinnen sein sollen, sagte er, sie gehen kaputt, wenn man sie im Winter draußen lässt. Wir müssen das vergessen haben.

Und die Schilder wolltest du holen?

Ich habe sie selbst gemacht, sagte er, als Kind.

Mein Haar war immer noch nass, keiner von uns trug eine Jacke. Die Fingernägel meines Vaters hatten sich in violette Halbmonde verwandelt. Wir bewegten uns langsam über den unebenen Rasen in Richtung Küchentür.

Die Schilder, sagte er und blieb stehen.

Die hole ich gleich noch.

Fünf Minuten später saß er mit einer Wolldecke um die Beine und einem feuchten Lappen ans Kinn gepresst auf dem Sofa. Ich klopfte die Erde von den Schildern ab und legte sie ihm auf den Schoß.

Hättest du Lust auf einen Kaffee?

Er blickte auf seine Hände hinab, rieb die kranke mit der gesunden.

Kaffee klingt gut, sagte er schließlich.

Ich weinte lautlos genau so lange, wie ein halbvoller Kessel Wasser bis zum Kochen braucht. Als ich wieder ins Wohnzimmer kam, inspizierte er nacheinander die Schilder und sortierte jene aus, die den meisten Schaden genommen hatten.

Hier, sagte ich und stellte eine dampfende Tasse Kaffee vor ihn auf den Tisch, kommst du da dran?

Ich glaube, dass –

Dann gibt es jetzt erst mal Kaffee, Papa.

Er trank ihn, wie man an einem Sommertag Wasser trinkt, in großen, unbekümmerten Schlucken, dann stellte er die Tasse wieder ab und sah mich an.

Ich glaube, ich werde sie neu malen, als Überraschung.

Gute Idee, sagte ich, aber lass uns noch ein kleines bisschen damit warten.

Nachdem er eingeschlafen war, ging ich nach oben und rief Nete an. Als sie die Haustür aufschloss und in den Flur kam, schlief mein Vater immer noch. Nete unterdrückte einen Schrei, als sie sein mitgenommenes Gesicht sah, und winkte mich zu sich. Sie führte mich in sein Büro und schloss die Tür hinter uns. Die Sonne schien direkt durch die Fenster herein. Es war nach wie vor ein schöner Tag.

Hast du im Krankenhaus angerufen?, fragte sie und zog ihre Fäustlinge aus.

Ich schüttelte den Kopf. Ich hatte nichts unternommen, abgesehen davon, ihn auf dem Sofa abzusetzen wie ein kleines Kind, das sich von einem schlimmen Schrecken erholen soll.

Ich rufe gleich an, aber es wird schon nichts Ernstes sein. Dieser alte Dummkopf, er weiß genau, dass er noch nicht die Kraft dafür hat. Masood wird nicht glücklich sein, wenn er das hört.

Sie ging zum Fenster hinüber und starrte auf den Küchengarten.

Was wollte er da unten, sagtest du?

Irgendwelche Schilder reinholen, weil ihr es vor dem Winter vergessen hattet.

Schilder?

Für das Gemüse. Er hat gesagt, er hätte sie als Kind selbst gemacht.

Nete sah mich an.

Unsinn. Die habe ich im Baumarkt gekauft, sagte sie. Ich gehe jetzt runter und rufe an.

Sie ließ mich in dem sonnenwarmen Büro zurück. Ich blieb sitzen und versuchte, nicht mehr zu zittern. Unten im Wohnzimmer wurde der Fernseher eingeschaltet.

Der Arzt stellte ihm eine Reihe von Fragen, die er beantwortete – grantig und mit klarem Verstand. Keine Übelkeit, kein Schwindel oder Punkte vor den Augen. Sein Puls und sein Blutdruck wurden gemessen, das Kinn gereinigt und mit einem gepolsterten Pflaster bedeckt. Es war kein weiterer Schlaganfall gewesen. Er war lediglich gestürzt und hatte einen Schock erlitten. In seinem Alter führte so etwas häufig zu einer vorübergehenden Orientierungslosigkeit.

Trottel, sagte mein Vater über den freundlichen Arzt, und dann nahmen wir am Couchtisch ein spätes Mittagessen ein. Anschließend fühlte ich mich so rastlos und übersättigt, dass ich Nete freiwillig meine Hilfe anbot, als ihr einfiel, dass sie noch nicht für das Frühstück der Filmcrew eingekauft hatte.

Würdest du das wirklich machen? Oh, Helena.

Ihre Dankbarkeit war mir unangenehm. Ich räumte den Tisch ab, ehe ich mich anzog und die Autoschlüssel einsteckte.

Ich stellte die Einkaufstüten auf den Küchentisch, befüllte den Kühlschrank und wusch drei hinterlassene Kaffeetassen ab. Das Klopapier legte ich, wie Nete mich gebeten hatte, in einen geflochtenen Korb rechts neben der Treppe. Ich saugte die Gemeinschaftsbereiche, wechselte die Handtücher und klopfte die Fußmatte aus. Als mir nichts mehr einfiel, was ich noch tun konnte, holte ich mir ein Bier aus dem Kühlschrank und nahm es mit ins Wohnzimmer. Der Teddybär saß noch am selben Platz wie am ersten Abend, jemand hatte ihm das gelbe Trikot ausgezogen. Ich wählte einen Reiseführer aus dem Stapel unter der Glasplatte des Couchtischs und las etwas über die verschiedenen Sehenswürdigkeiten der Gegend. Die meisten Fotos waren im Sommer aufgenommen worden, und ich konnte die Landschaft nur schwer wiedererkennen.

Erst als ich die Stimmen draußen auf der Straße hörte, fiel mir auf, dass ich vergessen hatte, das Licht einzuschalten. Im nächsten Moment wurde die Tür zum Wohnzimmer von einer Frau im Skianzug geöffnet. Sie stieß einen erschrockenen Schrei aus, als sie mich dort im Halbdunkel sitzen sah.

Entschuldigung, sagte ich und bereute es, dass ich die leeren Flaschen nicht weggeräumt hatte, dass ich überhaupt noch da war. Wie viel Uhr war es eigentlich?

Hallo, sagte sie und schälte sich aus ihrem Overall, arbeitest du hier?

Ich hatte mich halb auf dem Sofa aufgerichtet, und mein Kapuzenpullover und die Jogginghose, die ich in meine dicken Wollsocken gesteckt hatte, waren mir peinlich bewusst.

Nein, antwortete ich, ich helfe nur heute aus. Ich bin eine Bekannte der Besitzerin.

Die Frau setzte sich auf das Sofa. Sie ließ ihren Kopf nach hinten sinken und stieß dabei einen Laut aus, der deutlich machte, dass sie etwas Langwieriges und Anstrengendes hinter sich gebracht hatte. Weitere Leute waren dazugekommen, sie schlüpften mit ihren Weingläsern und Bierflaschen ins Wohnzimmer und ließen sich um uns herum nieder. Sie brachten einen angenehmen Duft nach Kälte mit herein, von den Bergen, dem Fluss und den Kiefern. Ihre Wangen und Stirnen waren rosig, irgendwer schaltete den Fernseher ein.

Patrick, rief die Frau und wandte sich an mich, wie heißt du?

Helena, antwortete ich.

Bist du so lieb und bringst Helena und mir ein Bier mit?

Kurz darauf saß ich mit meinem dritten Bier

in der Hand und dem Gefühl, eine Last zu sein, zwischen Patrick und Sadie. Sie mussten mir ständig etwas übersetzen und erklären, versicherten jedoch, dass es sie nicht stören würde. Das Team sei sowieso international, sie hätten auch einen Schweizer und einen Deutschen bei den Aufnahmen dabei. Und die Mutter des Kameramanns stamme aus Spanien.

Das da ist Christophe Laborde, sagte Patrick und deutete auf einen kleinen, sehr gut aussehenden Mann, der ein Stück von den anderen entfernt auf einem Stuhl saß und sehr vertieft schien in das, was auf dem Bildschirm vor sich ging. Er ist der Moderator unserer Sendung und bei uns in Frankreich sehr bekannt und beliebt. Hast du *Carnets de Voyages* gesehen?

Ich schüttelte den Kopf.

Campagne de Rêves?

Auch nicht.

Sadie lehnte sich vor.

Hey, Christophe, rief sie, wir haben eine Frau gefunden, die deine Visage nicht kennt. Was sagst du dazu?

Der gut aussehende Mann sah kurz zu uns herüber und machte eine unbestimmbare Mundbewegung, ehe er sich wieder auf den Fernseher konzentrierte.

Er ist gereizt, weil wir im Zeitplan hinterher-hinken, flüsterte Patrick, nur ein paar Tage, aber er möchte, dass alles immer zack-zack geht. Keine Verspätungen, keine Planänderungen. Aber gegen einen ausfallenden Hütehund, der wegen eines Darmverschlusses operiert werden muss, ist meiner Meinung nach niemand gewappnet.

Wie ist das eigentlich ausgegangen, fragte Sadie, habt ihr einen anderen gefunden?

Eventuell gibt es einen in Saint-Girons. Der Besitzer soll allerdings schwerer Alkoholiker sein, also mal sehen –

Er wandte sich an mich.

Das ist das Schlimmste in solchen Gegenden. Alle Leute haben Geheimnisse und Dreck am Stecken. Es gibt eine sehr hohe Dichte an Psychopathen.

Ich holte Erdnüsse und Oliven aus dem Vorratsraum, jemand schaltete auf vhi um. Ich verbrachte einen Großteil des Abends neben Patrick. Je mehr er trank, desto mehr redete er, und desto länger erschienen mir seine Zähne; als würde sich sein Zahnfleisch immer weiter zurückziehen. Zwischendurch legte er mir die Hand aufs Knie und sagte, ich sei auf eine Weise mollig, die er überhaupt nicht abschreckend finde.

Eigentlich hätte es mich überraschen müssen,

dass ich mich ein paar Stunden später mit dem Kopf des schönen Moderators zwischen den Beinen in meinem ehemaligen Zimmer wiederfand. Wobei – ich hatte seine Anwesenheit den ganzen Abend über im Raum gespürt, und als er meine Hand nahm und mich die Treppen hinaufführte, folgte ich ihm aufgeregt, als würde sich der wahre Sinn von allem erst jetzt offenbaren.

Der Moderator von *Campagne de Rêves* öffnete den Knoten meiner grauen Jogginghose, zog sie mir zusammen mit dem Slip herunter und schob entschlossen meine Schenkel auseinander. Er rieb seine Wange an meinen Bauch, sog meinen Duft ein und packte erst die eine, dann die andere Pobacke fest mit der Hand. Seine Bewegungen waren zielstrebig, und als ich kurz darauf kam, nachdem er seinen Zeige- und Mittelfinger genau im richtigen Moment in mich hineingeschoben hatte, forderte er mich auf, mich umzudrehen und auf alle viere zu gehen. Weil wir kein Kondom hatten, wolle er mich in den Arsch vögeln. Falls ich es erlauben würde?

Sein Schwanz war genauso klein und hübsch wie der Rest von ihm, und ich ließ mich von ihm an den Haaren ziehen. Normalerweise war das etwas, was mich irritierte – das allzu Vorhersehbare daran: mein Haar, dein Erguss. Er kam lautlos, zog sich aus mir raus und reichte mir eine Kleenex-Packung, aus der ein Tuch wie ein Flügel herausragte. Während ich mich abtrocknete, drehte er sich eine Zigarette (ich verkniff es mir, auf das Verbotsschild hinzuweisen, das rechts neben der Tür hing) und lud mich ein, ihn an einem der nächsten Tage zum Dreh zu begleiten.

Geht das denn?, fragte ich und ließ die klebrigen Kosmetiktücher auf den Boden fallen.

Wie meinst du das? Gehen?

Er drehte sich um.

Ihr arbeitet doch. Ich möchte euch nicht im Weg sein.

Wenn es stören würde, hätte ich nicht gefragt.

Während ich redete, zuckte es in seinem Schwanz. Jetzt richtete er sich wieder auf, bis er in einem rechten Winkel von seinem flachen Bauch abstand. Wirklich hübsch.

Noch mal?

Ich nickte und krabbelte quer über das Bett, drehte mich um und ließ ihn meine Pobacken auseinanderziehen und seinen kleinen Finger in den straffen Muskel schieben. Eine unangenehme Dehnung, dann fühlte es sich gut an.

Ich zog mich im Dunkeln an. Im Wohnzimmer im Erdgeschoss war Sadie unter einem Parka eingeschlafen. Der Fernseher lief ohne Ton weiter, das Licht flackerte über ihr kindlich entspanntes Gesicht. Ich nahm die Fernbedienung und schaltete das Gerät aus, fegte mit einer Hand die Pistazienschalen zusammen, sammelte ein paar leere Flaschen ein und stellte sie in die Küche. Es war ein eiskalter Morgen. Über den Pyrenäen wurde es hell, ich war noch immer betrunken. Im Westen war der Himmel nach wie vor dunkel und von vereinzelten Sternen durchstochen. Ich fuhr mit vierzig Stundenkilometern und dem Fuß über der Bremse und betete, dass mir auf der schmalen Straße zum Haus niemand entgegenkommen würde.

Eine Viertelstunde später schloss ich die Tür auf, trat in den dunklen Flur und legte die Schlüssel auf die Kommode. Es knarrte, und Arlequine kam schwanzwedelnd auf mich zu. Sie ließ sich kraulen, ehe sie wieder zu ihrem Körbchen zurückkehrte, wo sie es sich mit einem dieser sehr menschlichen Seufzer, die sie mitunter von sich gab, bequem machte. Drüben am Fenster stand das Klappbett, ich konnte die Umrisse des langen Körpers meines Vaters unter der Decke erahnen.

Auf der Uhr über dem Küchentisch war es zwanzig Minuten vor sechs. Ich trank ein Glas Wasser an der Spüle, nahm mir eine kalte Kartoffel und aß sie mit Butter und Salz, nahm eine weitere und spülte sie mit Apfelsaft herunter.

Wo bist du gewesen? Seine gesunde Hand fummelte am Vorhang herum.

Irgendwie bin ich im Hotel hängen geblieben, sagte ich und breitete die Alufolie wieder über die Schüssel. Er schaltete das Licht ein.

Wir haben auf dich gewartet.

Das Pflaster hatte sich an einer Seite gelöst und baumelte von seiner Wange herab wie eine gebrauchte Binde.

Das tut mir leid. Ich hätte anrufen sollen.

Meine Stimme, die nicht darauf vorbereitet war, benutzt zu werden, quäkte und knarzte. Er schaffte es, den Rollator über die Türschwelle zu heben, und schob sich in die Küche. Das eine Rad stieß gegen einen Stuhl und zog ihn mit einem lauten Scharren hinter sich her.

Pass auf, Papa.

Was für ein verdammtes –

Ich half ihm dabei, sich hinzusetzen, und bemühte mich, ihm nicht in die Augen zu sehen. Das Gefühl des fremden, nackten Körpers füllte mich immer noch aus, und ich hatte Angst, man könnte es sehen und riechen. Ich blieb stehen und drehte das Wasserglas zwischen meinen Händen.

Iss ruhig weiter, sagte er und deutete mit dem Kopf auf die Schüssel mit den Kartoffeln, ich wollte dich nicht stören.

Ich war schon fertig, du störst nicht.

Er sah zur Uhr auf.

Ich könnte jetzt eine Tasse Kaffee trinken.

Ich setzte Wasser auf, mahlte die Bohnen und füllte sie in die Glaskanne. Als das Wasser kochte, goss ich es mit einer zeremoniellen Bewegung über das Pulver. In meinem Rücken hörte ich ihn in der Zeitung vom Vortag blättern. Ich wartete nicht darauf, bis der Kaffee gezogen war, sondern zwang den widerspenstigen Stempel nach unten und reichte ihm eine Tasse.

Willst du dich nicht setzen?

Ich setzte mich ihm gegenüber. Das Korbgeflecht des Stuhls gab mit einem Ächzen unter mir nach. Er trank einen Schluck von seinem Kaffee und strich die Zeitung glatt. Ich blickte zum Fenster, zu den Scheiben, hinter denen es immer noch so dunkel war, dass sie nur uns beide und die Lampe über dem Tisch spiegelte.

Wir fahren ja heute nach Limoux.

Ich hätte mich daran erinnern und es erwähnen sollen. Nete hatte kaum noch von etwas anderem geredet. Ein klärendes Gespräch, nannten sie es. Im Hinblick auf einen möglichen Platz im Pflegeheim.

Findest du denn nicht, dass es besser geht?, fragte ich und war auf die Antwort vorbereitet.

Nein, sagte er, es geht beschissen.

Er schloss die Augen und ließ sich gegen die Stuhllehne fallen. Ich wollte seine Hand nehmen, die immer noch neben der zusammengefalteten Zeitung lag, aber irgendetwas in mir sträubte sich, und ich ließ sie dort liegen.

Die Ringe des Vorhangs klirrten gegen die Stange, und Arlequine, die von den Stimmen geweckt worden war, leistete uns Gesellschaft.

Würdest du ihr ein bisschen Futter geben?

Ich holte die Tüte mit dem Trockenfutter unter der Spüle hervor und ging ins Wohnzimmer. Die braunen Kugeln prasselten in die Metallschale, und ein undefinierbarer Geruch von Erde und Fleisch strömte aus der Tüte. Vor dem Fenster war es inzwischen nicht mehr Nacht, sondern früher Morgen. Der Garten erlangte nach und nach seine Tiefe und Farbe zurück. Als ich in die Küche zurückkehrte, hob mein Vater die Kaffeekanne in meine Richtung. Ich schüttelte den Kopf, setzte mich aber. Er nestelte an dem Pflaster herum.

Das wird schon gut laufen heute, sagte ich.

Er lächelte grimmig, schwieg jedoch. Ich holte eine Decke aus dem Wohnzimmer, und er protestierte nicht, als ich sie über seine Beine legte und unter seinen kalten, nackten Füßen umschlug.

Ich streckte den Kopf in den Garten hinaus, es fühlte sich an, wie nach einer langen Zeit unter Wasser wieder Luft zu schnappen. Ich sog die kühle, klare Luft tief in die Lunge. Graubraune Wolken wälzten sich von den Bergen herunter, ab und zu kam ein schmuddeliges Stück Himmel zum Vorschein. Ich zog das Fenster zu und ging in ein leeres Wohnzimmer hinunter, in dem es nach getoastetem Brot duftete.

Nach dem Frühstück schlief ich bei einem Dokumentarfilm über Tiefseefische ein. Die monströsen, fluoreszierenden Geschöpfe schwebten in meine Träume hinein; dort hingen sie und leuchteten – rote, gelbe und blaue Lichter im Dunkeln –, und dann begannen sie ohne Vorwarnung, einander in einer Art Schachtelsystem zu verschlingen. Als ich ein Auto in der Einfahrt hörte, ging ich davon aus, dass ich den ganzen Vormittag verschlafen hatte und Nete und mein Vater schon aus der Klinik zurückgekehrt waren. Ich erschrak, als es kurz darauf an der Tür klopfte.

Es regnet, sagte er und lächelte so flüchtig, dass ich zweifelte, ob ich es mir nur eingebildet hatte; jetzt, da sein Gesicht wieder in neutralen, leicht gereizten Falten lag.

Ich bat ihn herein. Er putzte seine Wanderschuhe gründlich an der Fußmatte ab, zog sie jedoch nicht aus. Auch die Jacke behielt er an. Dann stiefelte Christophe Laborde weiter ins Wohnzimmer und sah sich prüfend um.

Er nahm ein gesprenkeltes Ei aus Stein vom Fensterbrett und wog es in der Hand, ehe er es behutsam wieder an seinen Platz legte.

Hier ist es aber gemütlich, sagte er, als hätte das Ei den Ausschlag für sein endgültiges Urteil über das Haus meines Vaters gegeben.

Finde ich auch.

Ich faltete die Decke zusammen und hängte sie über die Armlehne des Sofas, räumte den Teller mit dem Buttermesser und den Apfelsinenschalen weg.

Als ich aus der Küche zurückkam, stand er am Fenster, die Hände halb in die Gesäßtaschen seiner Hose gesteckt. Seine Präsenz leistete der Umgebung größtmöglichen Widerstand. Es gab keine Eingewöhnung, ganz im Gegenteil, er dehnte sich im Raum aus, wie sich ein Stück Fleisch im Mund ausdehnen kann.

Christophe schnellte herum, in seinen Augen lag ein streitlustiger Ausdruck.

Du warst überhaupt nicht schwer zu finden.

Als ich nicht antwortete, fügte er hinzu: Ich bin auf dem Weg nach Saint-Girons, um mir einen Hund für die Sendung anzusehen. Man fährt anderthalb Stunden, vielleicht auch länger bei dem Wetter.

Er erinnerte an einen ungeduldigen Reiseleiter, wie er dort stand und auf den Hacken wippte. Zu keiner Zeit hatte er einen Ansatz unternommen, mich zu berühren. Nicht mal die obligatorischen Wangenküsse hatten wir ausgetauscht.

Es ist ein schöner Ausflug.

Ich würde gerne mitkommen, sagte ich, ich muss mir nur erst etwas anderes anziehen.

Er stand bereits im Flur.

Ich warte im Auto, rief er, es wäre gut, wenn wir dort ankämen, bevor es dunkel wird. Ich muss mir einen Eindruck von dem Ort verschaffen.

Der Regen setzte aus. Im Licht, das durch die Wolken brach, sah der Garten erbärmlicher aus denn je. Ich schloss die Haustür ab und joggte zu dem wartenden Lieferwagen. Der Motor lief. Ich stieg über eine Pfütze und schwang mich auf den Beifahrersitz, der so weit oben war wie in einem Lastwagen.

Die ersten Kilometer fuhren wir schweigend, ohne dass es unangenehm war. Ich zog meine Schuhe aus und verschränkte die Beine unter mir, wie ich es immer tat, wenn ich nicht selbst fuhr. Er schaltete das Radio ein und suchte erfolglos nach einer sauberen Frequenz.

Fait chier murmelte er und drehte es wieder aus.

Nachdem das Rauschen des Radios verklungen war, wirkte das Führerhaus plötzlich zu still. Mein Kopf war träge und leer bis auf den Anblick der Landschaft, die weißer und weißer wurde, je höher wir kamen.

Was machst du eigentlich hier, er warf mir einen kurzen Blick zu, ich meine, zu dieser Jahreszeit fahren nicht viele her. Nicht in den Urlaub.

Jetzt schneite es große, luftige Flocken. Ich erklärte, dass ich gekommen sei, um Zeit mit meinem kranken Vater zu verbringen.

Bis du denn Krankenschwester?

Nein.

Was bist du dann?

Ich studiere Geschichte. Das heißt, eigentlich mache ich gerade ein Praktikum. Ich arbeitete an einer Ausstellung über Dänemarks Vergangenheit als Kolonialmacht. Ich bin für den Teil über Grönland zuständig.

Dänemark als Kolonialmacht? Im Vergleich zu Frankreich seid ihr die reinsten Unschuldsengel.

Das würden wir uns zumindest gern selbst einreden.

Wir Franzosen waren Schweine. Richtig miese Schweine. Die Vergangenheit deprimiert mich; um ehrlich zu sein, ziehe ich es vor, nicht zu viel darüber nachzudenken. Lass uns über etwas anderes sprechen: Ich kannte mal einen Historiker.

Ach was? Wir sind ja auch nicht gerade selten.

Aber ich kannte nur diesen einen, sagte er lächelnd. Bis jetzt.

Christophe bremste ab, und wir fuhren in eine Ortschaft, die an Belvianes erinnerte. Dieselben schmalen Gassen, der Casino-Supermarkt und die Apotheke, dieselbe gelbbraune Dorfkirche. Die verschlossene, ruhige Stimmung, die der Ort ausstrahlte. Nach nicht einmal einer Minute hatten wir ihn hinter uns gelassen.

Was hat dein Vater?

Ich erzählte von den Schlaganfällen, die nicht aufhören wollten. Dem Körper, der sich offenbar gegen sich selbst gewandt hatte.

Er ist gerade in der Reha-Phase, sagte ich, aber er ist sechsundsiebzig. Er hat mich erst spät bekommen.

Wir nahmen den falschen Weg und fuhren zwanzig Kilometer zu weit. Als wir endlich auf die Schotterpiste einbogen, die quer über eine schneebedeckte Anhöhe zum Hof führte, wurde es bereits dunkel. Zaunpfähle und einige Flecken, die Schafe sein mussten, versanken in der Dämmerung und verschwanden. Im Erdgeschoss brannte Licht, die anderen Fenster waren schwarz oder mit Fensterläden verschlossen. Ein ganzer Flügel sah aus, als wäre er dem Verfall überlassen worden.

Verdammt, murmelte Christophe. Er parkte neben einem Pritschenwagen und zog energisch die Handbremse an, wir hätten schon vor anderthalb Stunden hier sein sollen.

Wissen sie, dass ich mitkomme?

Ich habe ihnen erzählt, ich hätte eine Kamerafrau dabei. Damit habe ich gute Erfahrungen gemacht. Dann fühlen sie sich wichtig.

Die Kälte legte sich auf Gesicht und Hände. Es gab keine Geräusche, keinen Windhauch. Der Kies lärmte unter unseren Schuhen, und in der Tür stand eine Frau und winkte uns.

Der Geruch (Hefe? Feuchtes Puder?), der an ihrem Haar und ihrer Kleidung hing, wurde stärker, als wir hineingingen. Wir folgten ihr in die Küche. Der Tisch war für drei Personen gedeckt, in der Mitte standen eine Platte mit einem Schokoladenkuchen und ein Korb mit Brot. Sie setzte Wasser auf und lud uns mit einer Geste ein, Platz zu nehmen, blieb jedoch selbst mit dem Rücken zum Herd stehen. Christophe füllte seinen Teller und reichte mir den Brotkorb, ich nahm mir eine Scheibe und zog das Messer über die weiche Butter. Das Wasser kochte. Sie goss es in die Kanne und setzte sich auf die Kante eines Küchenstuhls, woraufhin sie anfing, ein Stück Kuchen auf ihrem Teller zu zerbröseln. Sie hatte geweint, ich schielte zu Christophe hinüber. Er strich mit der Hand über die blanke, abgewetzte Tischplatte und fragte etwas, was vermutlich als Kompliment gedacht gewesen war. Sie lachte erschrocken und schüttelte den Kopf, nestelte an ihrem langen Zopf herum. Als sie kurz darauf den Raum verlassen hatte, wandte er sich zu mir.

Wir sind zu spät gekommen, sagte er, er schläft seinen Rausch aus.

Hat sie geweint?

Sie schämt sich, antwortete er in dem Moment, als die Frau mit einer Glasschale in den Händen zurückkehrte. Sie stellte die Schüssel ab und sagte etwas, das ich nicht verstand.

Das ist Frischkäse, erklärte Christophe, von ihren eigenen Schafen. Man isst ihn mit Akazienhonig. Die Frau schöpfte eine Kelle davon auf einen Teller und hielt ihn irgendwo zwischen uns beiden in der Luft. Ich nahm in ihr aus der Hand und bedankte mich mehrmals.

Nachdem wir gegessen hatten, zog die Frau eine Fleecejacke über ihr Sweatshirt und schlüpfte in ein Paar Gummistiefel. Wir folgten ihr über den

Hof und zu dem Teil des Hauses, der aussah, als würde er nicht mehr genutzt. Dort blieb sie vor einem Scheunentor stehen und öffnete den Riegel. Ein Hund begann zu bellen, als die Tür wackelnd auf ihren Schienen beiseiteglitt. Die Frau streckte sich und erreichte einen Schalter, und mit einiger Verzögerung sprangen die Leuchtstoffröhren an der Decke an. Es war ein alter Stall, der in dem grünen Licht an ein Aquarium erinnerte. In dem Verschlag vor uns stand ein karamellfarbener Hund und bellte. Sein Schwanz war seidig wie eine Straußenfeder und zu einem fast vollendeten Kreis gekringelt. Es war ein schönes Tier, aber es jagte mir Angst ein. Wir betrachteten Flamm, ohne etwas zu sagen, dann schaltete die Frau das Licht wieder aus, zog das Tor zu und kippte den rostigen Riegel an seinen Platz. Das wütende Stakkato des Hundes verfolgte uns den ganzen Weg bis zur Küchentür, dann verstummte es. Als wir uns wieder in dem niedrigen Flur befanden, hängte die Frau ihre Fleecejacke an die Garderobenleiste neben eine, die genauso aussah, nur größer war. Ich bat darum, die Toilette benutzen zu dürfen.

Die Treppe ins Obergeschoss war von einem Läufer bedeckt, der irgendwann einmal vielleicht trittsicher gewesen war. Jetzt kam auf jeder zweiten Stufe das dunkle Holz zum Vorschein. Ich öffnete die Tür zu einem Raum, in dem es heiß war wie in einer Sauna und nach Abfluss roch. Der Klopapierhalter hatte die Form einer Puppe mit wirren Wollhaaren und einer Haube. Hinter einem Duschvorhang stand ein hoher Metallzuber. Ich wollte mir nicht vorstellen, wie sich die Frau auszog und ihren Zopf löste, ehe sie über die Kante stieg und sich hineinhockte, doch zu spät: Sie saß bereits dort, mit gekrümmtem Rücken, die Knie ans Kinn gezogen, bibbernd wie ein Kind. Ich wischte mich ab und ging zum Waschbecken, drehte den sprudelnden Hahn auf.

Ich hörte, wie die Tür geöffnet wurde, ehe ich mich umdrehte und ihn sah. Er schwankte leicht nach vorn und betrachtete mich mit einem Ausdruck feindseliger Verwunderung.

Ich bin die Kamerafrau von *Villages de France*, sagte ich mit fester Stimme, kennen Sie die Sendung?

Der Mann hustete, dann hob er sein Nachthemd und trat an mir vorbei zur Toilette. Ungerührt führte er seine große Hand zum Schwanz und nahm ihn zwischen zwei Finger. Der Strahl traf das Wasser mit einer solchen Kraft, das es bis auf die Kacheln hinter der Spülung spritzte. Er seufzte zufrieden. Ich schloss die Tür hinter mir, lauschte mit klopfendem Herzen, wie der Schafzüchter rauschend seine Blase entleerte, dann ging ich auf kraftlosen Beinen in die Küche zu den anderen. Christophe hatte gute Laune, alles schien sich gelöst zu haben. In ein paar Tagen würde er mit dem restlichen Team zurückkehren.

Auf den ersten Kilometern tat ich so, als würde ich schlafen. Er ließ mich in Ruhe, machte ein paar Anrufe und trommelte mit seinen Fingern auf den Schaltknüppel. Nachdem wir etwa die halbe Strecke zurückgelegt hatten, bat ich ihn, an den Rand zu fahren. Ich stieg aus dem Auto und entfernte mich ein Stück, ehe ich mir den Finger in den Hals steckte. Der Frischkäse verließ mich in zwei bis drei schmerzhaften Schwallen.

Lag das an meinem Fahrstil? Ich hatte mir eigentlich solche Mühe gegeben, sagte er, nachdem ich wieder auf den Beifahrersitz geklettert war und meine Schuhe abgestreift hatte.

Ich schüttelte den Kopf.

Ich glaube, ich habe noch Minzpastillen im Handschuhfach.

Ich fand die ovale Schachtel und klopfte eine Pastille in meine Hand, dann fuhren wir weiter den Berg hinunter.

Ich bin wütend, sagte er kurz darauf, du nicht? Die arme Frau.

Doch, sagte ich, schob die Pastille zwischen zwei Eckzähne und zerbiss sie krachend, die Explosion von Minze trieb mir die Tränen in die Augen. Keiner von uns sagte etwas, dann lachte Christophe.

Ich dachte noch, Patrick hätte gestern sein Glück bei dir versucht.

Er hat mir aus der Hand gelesen, sagte ich, er meint, ich hätte eine alte Seele.

Er ist verheiratet, und das zweite Kind ist unterwegs, aber das wusstest du vielleicht? So was spürt man ja. Verheiratete Männer stinken zehn Meter gegen den Wind nach verheirateten Männern.

Ich erwiderte nichts. Ich wollte mich nicht dazu herablassen, ihn zu fragen, und danach sprach er nicht weiter von Kindern oder Frauen.

Eine halbe Stunde darauf bat ich ihn, mich an der Hauptstraße abzusetzen, und ging das letzte Stück bis zur Einfahrt zu Fuß. Ich spuckte mehrmals aus, bis der Geschmack von vergorener Milch verschwunden war. Den Anblick des fadenscheinigen Nachthemds wurde ich nicht los. Es flatterte den ganzen Weg bis zum Haus vor mir in der Dunkelheit.

Das Filmteam reiste weiter, Richtung Norden nach Collonges-la-Rouge. Ich war mit Nete ins Dorf gefahren, um ihr beim Putzen des Hotels zu helfen. Es war Morgen, und eine neue Wärme in der Luft brachte die Leute dazu, die Reißverschlüsse ihrer Jacken zu öffnen und sich in windstillen Ecken niederzulassen. Wir hatten meinen Vater in der Küche mit den Tageszeitungen und einer Thermoskanne auf dem Tisch zurückgelassen. Im Wohnzimmer standen seine Sachen, in stabilen Pappkisten verpackt, bereit, um ins Maison de retraite Carmableu transportiert zu werden, ein privates Pflegeheim außerhalb von Carcassonne.

Manchmal ist eben nicht egal, ob man Geld hat oder nicht, hatte Nete gesagt, als wir vor ein paar Tagen zur Besichtigung dort waren. Sie hatte recht. Carmableu lag vor den Mauern der Stadt und hatte einen direkten Zugang zu einem Park voller Skulpturen und Vogelbäder. Die Tische im Speisesaal wurden mit Stoffdecken und Kerzen gedeckt, und zweimal in der Woche kam eine Frau und spielte denen, die es hören wollten, etwas auf der Harfe vor. Selbst mein Vater ließ sich von der luxuriösen Atmosphäre und den lebhaften Mitarbeiterinnen besänftigen, die uns herumführten. Auf der Rückfahrt schlief er im Auto mit dem Kopf an meiner Schulter. Sein spinnwebfeines

Haar kitzelte mich jedes Mal an der Wange, wenn ich einatmete.

Nete fing an, die Säcke mit der sauberen Bettwäsche aus dem Kofferraum zu heben. Ihre Bewegungen waren energisch und resolut.

Kannst du den Rest nehmen?, fragte sie und verschwand im Foyer.

Ich stellte eine Kiste mit Putzmitteln auf dem Gehweg ab, band mein Haar zu einem Knoten und schlug die Kofferraumklappe zu.

Wir arbeiteten gut zusammen, und Nete war bester Laune. Ich nahm es ihr nicht übel, dass sie sich über Carmableu freute. Die Pflege meines Vaters beanspruchte inzwischen fast all ihre Zeit, und er zeigte ihr kaum oder eigentlich nie seine Dankbarkeit. Sie schaltete das Radio ein und drehte es so laut, dass wir die Musik sogar ganz oben hörten. Ich hatte dafür gesorgt, Christophes Zimmer zu übernehmen, fand jedoch nur die Folie eines Proteinriegels, ein leeres Tabakpäckchen auf dem Nachttisch und unter dem Bett meine eigenen zerknüllten Kosmetiktücher, jetzt starr und staubig. Nichts, was mir etwas verriet, was ich nicht schon wusste. Ich öffnete die Fenster und begann staubzusaugen. Als ich fertig war, zog ich das Bettzeug ab und legte die Decke auf der nackten Matratze zusammen, warf die Kleenex-Tücher in den Mülleimer und ging weiter ins Bad, wo ich türkisfarbenen Schaum auf dem Waschbecken und in der Duschkabine versprühte. Ich schrubbte die Kloschüssel, bis sie glänzte, und spülte alles runter.

Kaffeepause, sagte Nete, als wir uns im Kaminzimmer begegneten, den Rest machen wir dann vor dem Mittagessen. Es ist nicht mehr viel.

Gut, sagte ich, obwohl ich am liebsten gleich alles erledigt hätte. Andererseits hatte ich sowieso nichts vor. Nicht ernsthaft.

Wir gingen in eines der wenigen Restaurants, die im Winter nicht geschlossen waren. Der Besitzer war ein guter Freund von Nete, die beiden waren ungefähr zur selben Zeit ins Dorf gezogen. Er kam ursprünglich aus Marokko und hatte wie sie eine Französin geheiratet. Die Exfrau war weggezogen, er war geblieben. Jetzt wohnte er in Belvianes und servierte den Touristen im Sommer klassische Bistrot-Küche und den Einheimischen im Winter Frühstück und Mittagessen.

Als er Nete erblickte, verließ er widerstrebend sein Hinterzimmer. Fadi war ein gut aussehender Mann mit Pockennarben und einem unbestimmbaren, aber nicht unangenehmen Duft. Nach einer gewissen Überredungszeit ließ er sich darauf ein, mit uns Kaffee zu trinken. Er zog eine flusige, hellbraune Strickjacke über sein Hemd, und wir setzten uns an einen der Tische, die er an diesem Morgen optimistisch nach draußen gestellt hatte.

Die beiden diskutierten den Saisonstart, und ich beobachtete in der Zwischenzeit den einzigen Kellner des Lokals, der gerade mit trägen Bewegungen ein paar Tische zusammenschob. Er sah aus, als könnte er jeden Moment aufgeben und ins Bett gehen.

Nete entschuldigte sich und ging auf die Toilette. Ich war nicht darauf vorbereitet, mit dem Restaurantbesitzer allein zu bleiben, und überlegte, was ich ihn fragen könnte. Er knibbelte an seinem Schlüsselband, rollte es auf und ließ es wieder auseinanderspringen.

Das ist eine schreckliche Geschichte mit deinem Vater, es tut mir sehr leid. Man kann nie wissen, wen es trifft, oder? Ich fand immer, dass er so gesund aussah. Auf seinen Spaziergängen schaute er jedes Mal hier vorbei. Nein, das sind alles die Gene. Wenn ich eines Tages krank werde, hoffe ich, meine Mädchen machen dasselbe wie du und kommen her, um bei mir zu sein.

Das machen sie bestimmt, sagte ich.

Vielleicht, sagte er, aber man darf nicht mehr davon ausgehen. Die Kinder haben ihr eigenes Leben.

Seine Stimme wurde sanft, wenn er von ihnen

erzählte. Sie seien jetzt beinahe erwachsen, würden in Aix-en-Provence studieren, was genau, könne er sich nie merken. In den Ferien kämen sie für mehrere Wochen zu Besuch. Das Problem sei nur, dass er sie so schrecklich vermisse, wenn sie dann wieder abreisten. Er brauche doppelt so viel Zeit, wie sie da gewesen seien, um es zu verwinden. Ich sagte, das klinge schwer.

Meine Mutter bekam mich, als sie neunzehn war, sagte er. Am Tag nach ihrem neunzehnten Geburtstag. Sieben Jahre später hatte ich drei Brüder und eine Schwester. Damals dachte man nicht so viel darüber nach. Kinder waren etwas, das einfach kam. Heute ist das anders, auch in Marokko. Die Leute nehmen sich so viel vor, was sie gerne erreichen würden.

Ein Spatz sprang zu unserem Tisch und flog auf die Rückenlehne eines zusammengeklappten Stuhls. Er wippte einige Male mit dem Schwanz, dann hob er ab und war weg.

Aber jetzt haben wir bald März, sagte Fadi erfreut, das ist ein guter Monat. Ich mag das Frühjahr lieber. Im Sommer ist es hier in den Bergen viel zu warm, der Fluss trocknet aus. Die Touristen kommen so oder so, und man erhöht die Preise und hat lange geöffnet. Auf dem Marktplatz stehen Buden, es gibt Festivals und Konzerte und Auftritte von

Gauklern und weiß ich nicht, was alles. Die Leute vermieten sogar ihre eigenen Häuser. Wenn ich nicht gezwungen wäre, in dieser Zeit ein bisschen Geld zu verdienen, würde ich das auch machen, einfach wegfahren und erst zurückkommen, wenn alles überstanden ist. Ich mag den Sommer nicht.

Nete kam wieder an unseren Tisch, sie sah vom einen zum anderen.

Worüber sprecht ihr denn?

Die Jahreszeiten, sagte Fadi und streckte sich, und Geld.

Gegen Mittag waren wir fertig. Ich stopfte die Säcke mit dem schmutzigen Bettzeug in den Kofferraum, und Nete verriegelte die Hoteltür mit einem Hängeschloss. Bis in den April hinein gab es keine weiteren Buchungen. Der Himmel war wolkenlos, und es hatte aufgefrischt. Ich sagte, dass ich gern zu Fuß nach Hause gehen würde. Der intensive Duft des Putzmittels hing in meinen Haaren und an meiner Kleidung.

Tu das, sagte sie, ich kaufe unterwegs ein, dann können wir gemeinsam zu Mittag essen. Dein Vater hat sicher auch Hunger.

Mein Vater hatte aufgehört, etwas zu essen. Nete meinte damit, dass er es leid war, allein zu Hause zu sein, und gerne jemanden bei sich haben wollte, den er anmeckern konnte. Ich folgte der Straße aus dem Ort hinaus, bis sie eine Linkskurve machte und in eine Bushaltestelle mündete. Niemand wartete im Unterstand, die Fahrer standen in der Sonne und rauchten, ehe sie die nächste Runde den Berg hinab drehen würden. Einer von ihnen grüßte. Während ich dort am schlammigen Straßenrand entlangging, erfüllte mich eine erwartungsvolle Ruhe. Ich zog meine Handschuhe aus und steckte sie in die Tasche. Ich wollte einen Strauß für den Esstisch pflücken. Ich konnte mich nicht erinnern, wann ich zum letzten Mal Blumen gepflückt hatte.

Er meldete sich einige Monate nach der Beerdigung bei mir und fragte als Erstes, wie es mit Grönland laufe.

Grönland?

Deine Ausstellung, sagte er.

Das war nicht meine Ausstellung, und ich arbeite mittlerweile als Kellnerin.

Aha. Bist du eine gute Kellnerin? Bist du schnell?

Ich bin besser geworden. Wir haben sehr viel zu tun, ich helfe auch im Hotel mit.

Ich konnte Nete durch die Fenster sehen, sie war gerade dabei, unter dem Kirschbaum zu decken, strich das Tischtuch mit der flachen Hand glatt und befestigte es an jeder Ecke mit einer Klemme.

An den Tagen, an denen ich beim Kellnern nicht die Spätschicht übernahm, sorgte sie dafür, zu Hause zu sein, damit wir abends gemeinsam essen konnten.

Wie geht es deinem Vater?

Mein Vater ist gestorben, kurz nachdem ihr damals weitergefahren wart.

Mein Beileid.

Danke.

Du bist also in Belvianes geblieben? Das überrascht mich.

Nete kann meine Hilfe gut gebrauchen, sagte ich, genervt davon, mich zu rechtfertigen, genervt von dem Gefühl, es tun zu müssen; im Hotel ist viel los, und wir können gut miteinander arbeiten. Wir sprechen gerade darüber, dass ich Miteigentümerin werde. Sie möchte mir alles beibringen.

Es ist auch wirklich ein schönes Haus, das sie da hat. Und dein Restaurant, kann man dort gut essen?

Die Dorade ist lecker, und die meisten Salate sind auch gut.

Habt ihr Zwiebelsuppe?

Ja.

Tarte tatin?

Ich musste lachen, Arlequine hob auf ihrem Platz neben dem Kamin den Kopf und betrachtete mich geduldig und mitleidslos.

Ja!

Mit Sahne? Oder Crème fraîche? Du darfst mich nicht anlügen, Helena.

Nete klopfte an das Fenster und gab Zeichen, dass das Essen fertig war.

Ich muss jetzt auflegen, sagte ich.

Heute um halb neun ist der Hütehund in 5 Culture zu sehen, falls es dich interessiert. Ich kann nicht behaupten, dass ich nicht an dich gedacht hätte.

Okay, sagte ich.

Ich habe viel an dich gedacht.

Okay, sagte ich, mach's gut.

Um halb neun saßen wir mit unseren Weinglä-sern eng beieinander auf dem Sofa und sahen, wie Flamm auf die Pfiffe und Zeichen ihres Besitzers reagierte und hin- und herfegte. Die Hündin kreiste die Schafe ein, sie blökten und liefen im nervösen Galopp über die glitzernden Felder. Christophe klatschte und gestikulierte, er ging in die Knie und kraulte die Hündin innig hinter den Ohren. Im Laufe der Sendung bedachte der Moderator von *Villages de France* den Schafzüchter mit sorgfältig bemessenen Schmeicheleien und Aufmerksam-keit. Es bereitete ein makabres Vergnügen, mit an-zusehen, wie sich dieser große Troll von Mann ihm gegenüber öffnete.

Man muss ein sehr enges Verhältnis zu so einem Tier entwickeln, sagte Christophe und kniff seine hellblauen Augen zusammen, um sie vor der glei-ßenden Sonne zu schützen.

Sie ist meine einzig wahre Freundin auf dieser Welt.

Und was sagt Ihre Frau dazu?

Der Schafzüchter lachte selbstsicher, er war sich bewusst, dass er seine eigene Geschichte schrieb. So würde man sich an ihn erinnern: Sie ist mit dem zweiten Platz zufrieden.

Als die Sendung vorbei war und der Abspann lief, begleitet von einer wehmütigen Melodie, konnte ich nicht länger stillsitzen und ging in den Garten hinaus. Die Lerche sang. Ich betrachtete den Fluss, der vom Schmelzwasser aus den Bergen tief und lebendig geworden war. Es war nur eine Frage der Zeit, verstand ich, und alles in mir war auf der Hut. Als wäre ich versehentlich aufs offene Feld hinausgelaufen, nachdem ich lange zwischen Baumstämmen und Büschen im Dunkeln gewesen war.

Vergiss Archie Pey

Um fünf Uhr geht Solveig ins Bad, und Gedske stellt sich vor den Ganzkörperspiegel in Franciskas Schlafzimmer und sieht aus wie immer. Man kann nicht erkennen, dass sie eine Tochter verloren hat. Ihr Gesicht ist so beständig wie das eines Pferdes oder einer Kuh. Sie trägt Lippenstift und Mascara auf, verteilt ein wenig Wachs in ihrem Haar und zupft es in verschiedene Richtungen. Durch nichts von alldem sieht sie hübscher aus, nur schicker. Und heute werden sie schick ausgehen und unbeschwert sein, Solveig und sie. Das haben sie einander versprochen, und jetzt führt kein Weg mehr daran vorbei.

Franciska hatte selbst angeboten, dass sie in ihrer Wohnung übernachten könnten. Sie ist hell und riecht nach frisch geschälten Erbsen und Schminke. Wenn man in den Flur kommt, sieht man als Erstes eine Pinnwand mit Fotos von Freunden und Freundinnen aus verschiedenen Zeiten, in Gärten, am Wasser und im Skiurlaub, die riesigen Sonnenbrillen in die Stirn geschoben. Dazwischen hängen eine getrocknete Rosenknospe, ein paar kleine Schlüssel und eine Kohlezeichnung von Franciska als Baby. Gedske erinnert sich noch an das Wohnzimmer auf dem Hof, in dem gerade jemand geboren worden war; die Gerüche und die Erleichterung und das heillose Durcheinander. Mittendrin, auf einer Plane, stand die Gebärwanne voll mit trübem Wasser. Das Kind war in Solveigs Armen eingeschlafen und fast unsichtbar in seinem Wickeltuch. Nachdem Gedske die selbst gestrickte Mütze abgeliefert hatte und ihr Fahrrad wieder über das Kopfsteinpflaster des Hofplatzes schob, war sie sicher gewesen, selbst keine Kinder zu wollen. Sie kann sich nicht mehr erinnern, warum oder wann sie es sich dann anders überlegte.

Die Narbe verläuft in einer Flucht mit ihrem Schamhaar. Wenn Gedske die Haut zwischen zwei Fingern auseinanderzieht, kann sie immer noch den unregelmäßigen, perlmuttfarbenen Strich sehen, der bezeugt, dass Ansos Körper wirklich durch einen Schlitz in ihrem Bauch gezogen worden war. Dass das Mädchen eine Zeit lang von ihrer Milch und Pflege und unendlichen Geduld abhängig gewesen ist. Später kamen die Jungs, die im Vergleich zu ihrer Schwester beide unkomplizierte Kinder waren, an die erste Zeit mit ihnen erinnert

Gedske sich nicht mit derselben quälenden Deutlichkeit.

Ich leihe mir mal kurz deine Pinzette, ruft Solveig und steckt den Kopf durch die Tür, gut siehst du aus.

Danke. Ich habe schon mal heimlich angefangen, sagt Gedske und hebt das Weinglas. Franciska hatte ihnen eine Flasche kaltgestellt, an deren Hals ein Zettel hing. Sie wünschte ihnen ein schönes Wochenende in der Stadt, fürsorglich, wie sie war.

Lass mir auch noch was übrig, erwidert Solveig und verschwindet erneut im Bad.

Ihr Umgang ist nicht völlig entspannt. Nicht wie zwischen alten, unverwüstlichen Freundinnen, obwohl sie das eigentlich sind. Es liegt an der Umgebung. Die halb leere Mädchenwohnung und die Metrobaustelle vor der Tür, die wie ein dröhnender, schleifender Hintergrund unter allem liegt. Solveig schlägt vor, ein Foto zu machen und es den Männern zu schicken.

Gute Idee, sagt Gedske und denkt an Allan zu Hause im Wohnzimmer, wenn er einfach nur dasitzt. Wie lange er das durchhalten kann. Sie schenkt ein Glas Wein für Solveig ein und stellt es auf die Kommode.

Arm in Arm wie ein Liebespaar gehen sie unter den bunten Lampions im Tivoli entlang, unter dem dunklen Himmel und den Kastanien, die über hundert Jahre alt sein müssen. Beide mit frisierten Haaren und in langen Kleidern und einer Handtasche über jenem Arm, den sie nicht bei der anderen untergehakt haben. Es ist anstrengend, so mit Solveig durch die Gegend zu ziehen, sie hat zu viel getrunken, und jetzt will sie mehr, nur noch ein Glas Wein, nur noch ein winziges Glas von diesem säuerlich-fruchtigen Wein, den sie so mag. Sie stolpern immer wieder in ihren hochhackigen Schuhen und werden von Lachanfällen geschüttelt. Die Lichter der Fahrgeschäfte spiegeln sich im See, Gedske hat Gänsehaut an den Oberarmen. Ihr Schal reicht nicht mehr, aber sie haben verabredet, bis zum Feuerwerk zu bleiben, und jetzt zieht Solveig sie zu einer karierten Tischdecke und bestellt eine Flasche Chablis. Unter den Wärmelampen wirft einer der Männer am Nachbartisch Gedske Blicke zu, von denen sie ganz vergessen hatte, dass man sie einfach so fremden Menschen zuwerfen kann. Als der Pyrotechniker endlich mit seiner Schutzbrille und seinem Ohrenschutz auf dem Rasen erscheint, sind sie zu betrunken und müde, um bis zur Show zu bleiben, und sie verlassen den Park unter glitzernden Palmen, die mit

einem Geräusch wie nasse Pistolenschüsse empor-
schießen.

Das hätte den Jungs gefallen, sagt Gedske.

Hallo? Die Jungs sind nicht hier, sagt Solveig
und drückt fest ihre Hand, wir sind hier.

Als sie ausgestreckt im Bett unter der Decke liegt,
kann Gedske nicht schlafen. Sie ist nüchtern und
wach. Es wird nie ganz dunkel im Zimmer, die
Nacht ist leicht, und das wirkt ansteckend. Neben
ihr schläft Solveig lautlos. Sie riecht nach Alkohol,
aber noch mehr nach Solveig. Ohne Solveig wäre
alles auseinandergefallen, daran besteht für Gedske
kein Zweifel. Sie war diejenige, die den Jungen ein
richtiges Weihnachten mit Baum und Geschenken
und Milchreis bereitete, und nachdem sie aus Australien zurückgekehrt waren, hatte Solveig mehrere
Wochen lang für sie geputzt und eingekauft und die
Gefriertruhe mit Eintöpfen und Baguettes gefüllt.
Sie fuhr Mads zu Fußballspielen und nahm Gustav
mit ins Kino und in die Stadt. An einem Januar-
morgen musste sie einmal über eine Viertelstunde
lang klingeln, bis Gedske kam und ihr die Tür
aufmachte, und als sie endlich im Flur stand und
ganz weiß um den Mund war vor Kälte, tat sie, als
wäre nichts gewesen, und begann staubzusaugen.
Solveig sah darüber hinweg, genau wie sie darüber

hinwegsah, dass Gedske nicht nur ihren Geburtstag vergaß, sondern auch, sich anschließend dafür zu entschuldigen.

Gedske beugt sich über die Freundin und gibt ihr einen Kuss auf die Wange, ehe sie aufsteht und noch einmal das Kleid anzieht, das im Laufe des Abends seinen Geruch von Schrank und Reinigung verloren hat. Sie macht das Licht im Flur an und stellt sich vor die vielen Gesichter an der Pinnwand. Ansos ist nicht darunter, damit hätte sie auch nicht gerechnet. Franciska und sie wurden nie Freundinnen. Trotz der unzähligen langen Tage, die sie gemeinsam auf Urlaubsreisen oder in ihren jeweiligen Gärten verbrachten, war es den Mädchen gelungen, eine kühle Distanz zueinander zu wahren. Anfangs hatten Solveig und Gedske es auf den Altersunterschied geschoben, aber mit der Zeit mussten sie einsehen, dass die vierzehn Monate nichts bedeuteten. Ihre Töchter waren auf eine Weise verschieden, die für Abstand und Missverständnisse sorgte statt einer magnetischen Anziehungskraft wie zwischen ihr und Solveig.

Solveigs schwarzhaariger Säugling war zu einem ernsten Mädchen herangewachsen, das wie von einer unsichtbaren Last beschwert schien. Etwas, das sie gleichzeitig nach unten zog und in sich selbst hinein. Gedske erinnert sich noch genau, wie Franciska sechs oder sieben Jahre alt war und mit Papier und einem Tuschkasten vor sich am Esstisch auf dem Hof saß. Sie hatte den ganzen Nachmittag mit ihrem Bild verbracht. Es war bis zum Rand bemalt, das Papier wellte sich vor Feuchtigkeit, und Gedske war aufrichtig beeindruckt. Keines ihrer Kinder besaß eine derartige Geduld. Vor allem Anso konnte nie mehr als ein paar Minuten am Stück stillsitzen und beendete nicht eines ihrer Projekte, die sie jeden Tag aufs Neue mit großem Enthusiasmus anstieß. Franciska hielt das Bild vor sich, betrachtete es genau und zerriss es anschließend ebenso sorgfältig, wie sie es gezeichnet hatte, bis ein Berg bunter Papierschnipsel auf dem Tisch vor ihr lag. Anschließend fegte sie die Schnipsel zusammen, warf sie in den Müll und packte ihren Tuschkasten weg. Hat dir dein Bild nicht gefallen?, hatte Gedske gefragt. Doch, antwortete Franciska verwundert, warum fragst du?

Anso labte sich an ihren Blicken, Franciska tat alles, um ihnen zu entgehen. Anso war hell, Frans war dunkel, so war es von Anfang an. Trotzdem war es Gedskes Tochter, die letztes Jahr zwei Tage vor Heiligabend in den großen, trockenen Garten der Familie O'Brien gegangen war und sich an dem Ende, das von der Straße abgewandt lag, im Feigenbaum erhängt hatte.

Gedske trinkt ein Glas Wasser mit Salz, ehe sie wieder ins Schlafzimmer geht und sich neben Solveig unter die Decke legt. Sie nimmt den Zopf ihrer Freundin in die Hand, aber nur so locker, dass er hinausgleiten kann, wenn sie sich im Schlaf umdreht.

Laut jenem Mann, der Gedske und Allan in einem Büro des dänischen Konsulats auf dem Sandrigo Way 6 in Stirling empfing, war es geschehen, nachdem die O'Briens gerade zur Arbeit aufgebrochen waren. Eigentlich hatte Anso mit zwei Freundinnen an den Strand gehen wollen; stattdessen also dieses Seil und ein Knoten, den sie gegoogelt haben musste. Sie war auf der Stelle tot, der Gartenstuhl war einen knappen Meter weit weggetreten worden, kein zweiter Versuch. Katy, die Jüngste, hatte sie gefunden. Erst dachte sie, Anso würde nur einen Spaß machen. Es wäre ein neues Spiel. Ihre Nanny hatte sich die verrücktesten Sachen ausgedacht, manchmal auch unheimliche. Katy hatte ihre Mutter geholt, die gerade dabei gewesen war, ein paar Snacks für den Nachmittag vorzubereiten. Angesichts der Situation habe Mrs O'Brien einen kühlen Kopf bewahrt, das müsse man ihr wirklich hoch anrechnen, sagte der Mann, dessen Namen oder Titel Gedske nie richtig mitbekommen hatte. Katy war wieder ins Haus geschickt und zusammen mit ihrer Schwester und den halb fertigen Snacks vor den Fernseher gesetzt worden. Dann hatte Mrs O'Brien eine Gartenschere geholt, den Gartenstuhl wieder aufgestellt, das tote Mädchen vom Baum geschnitten und mit einem Badetuch bedeckt und anschließend erst die Polizei angerufen und danach ihren Mann. Mr O'Brien hatte gerade einen Dreh gehabt, als seine Frau anrief, war aber noch rechtzeitig nach Hause gekommen, um zu sehen, wie die Kriminaltechniker mit ihren Kameras und gedämpften Gesprächen und Maßbändern seinen Garten einnahmen.

Sie mussten noch in drei weitere Büros, ehe sie das Konsulat gegen Nachmittag verlassen durften. Gedske hatte unentwegt das Gefühl gehabt, es gäbe etwas, was sie diesen Staatsbediensteten, die sie die ganze Zeit mit solch wachsamem Ernst ansahen, unbedingt mitteilen müsste. Ein einfaches, aber möglicherweise entscheidendes Detail zu diesen Umständen, das am Rande ihres Bewusstseins umherflackerte. Die Dame am Empfang hatte ihnen ein Taxi gerufen, und erst als sich der Wagen in Bewegung setzte, wurde Gedske klar, dass sie an die *Zeitverschiebung* gedacht hatte. Als könnte der Suizid aufgehoben werden, weil er nicht, wie der Mann behauptet hat, am Vormittag stattgefunden hatte, sondern mitten in der Nacht: Gedske hatte im Bett gelegen und geschlafen.

Sie hatte ein Zimmer im Sunbanks House an einem ruhigen Ende von Perth für sie gebucht. Das Hotel hatte einen Swimmingpool und einen Golfplatz und war teurer als die Unterkünfte, die sie normalerweise gewählt hätten. Vom Zimmer aus blickten sie auf die sanften grünen Wellen des Golfplatzes, und in regelmäßigen Abständen ertönte ein angenehmes *dunk,* wenn der Ball von einem sauberen Schlag getroffen wurde. Allan zerrte an dem schweren Vorhangstoff, dann legte er sich angezogen aufs Bett und antwortete nicht, als sie fragte, ob es ihn störe, wenn sie den Fernseher einschalte.

Gedske starrte auf seine Schulter. Deren Form und Farbe auf dem fremden Bettzeug; man wünscht sich so sehr, einander wirklich zu kennen. Sicher zu sein. Sie zog ihm die Schuhe aus und stellte sie auf den Boden neben ihre eigenen. Als sie einige Stunden später Hunger bekam, ließ sie ihn weiterschlafen und ging allein nach unten ins Restaurant. Sie wählte einen Tisch auf der Terrasse neben einer indischen Familie mit zwei Teenagertöchtern. Über dem Tisch der Familie hing eine Futterstation, die von kleinen, smaragdgrünen Vögeln besucht wurde. Sie tauchten unter dem Dachvorsprung auf und hingen für einige Sekunden in der Luft, ehe sie wieder wegschwirrten. Beide Mädchen waren auf aufsehenerregende Weise schön, aber nur die jüngere Tochter schien sich dessen bewusst zu sein. Ihre Bewegungen waren wie von Linien begrenzt, für alle außer sie selbst unsichtbar. Sie berührte oft ihr Haar, und wenn sie aß, nahm sie nur so kleine Bissen, dass ihr Gesicht beim Kauen nicht aus der Form geriet. Die Töchter hatten den langen, schlanken Hals ihrer Mutter geerbt. Gedske richtete ihre Aufmerksamkeit zum ersten Mal auf die Mutter, die den Kopf zurücklegte, während sie versuchte, die Vögel mit ihrer Kamera zu erhaschen. Sie lachte, unmöglich, sie waren zu schnell! Im Verhältnis zu ihrem knochigen Oberkörper wirkten ihr breites Becken und der weiche Bauch überraschend. Die Frau spürte ihren Blick auf sich und lächelte verwundert. Gedske hängte ihre Strickjacke über die Stuhllehne und begab sich Richtung Büffet. An der Decke und an den Wänden zeugten die silbernen Girlanden, Sterne und Schleifen von den gerade vergangenen Weihnachten. Auf einem Servierwagen standen vier Karaffen mit frisch gepresstem Saft. Sie füllte ihr Glas mehrmals hintereinander und trank, bis sie ihren Magen als etwas Kaltes an der Lunge spürte. Inzwischen hatten zwei Kellner begonnen, die Tische abzuräumen. Sie kratzten Reste von Rührei und Melonensalat von verschiedenen Tellern zusammen, stapelten sie und trugen sie durch zwei Schwingtüren, die sie mit dem Rücken aufstießen. Neben Gedske war jetzt nur noch das ältere der indischen Mädchen auf der Terrasse. Sie hatte den Kopf gesenkt und schien von irgendetwas in ihren Händen abgelenkt. So bemerkte sie nicht, dass der eine Kellner auf sie aufmerksam geworden war und sofort seinen Kollegen an seiner Entdeckung teilhaben ließ. *Guck mal,* denn: Warum nicht gucken? Vor der Tür zu ihrem Zimmer drehte Gedske um und ging noch einmal zurück zum Büffet. Die beiden Kellner ignorierten diskret, wie sie sich ein paar Trauben nahm und zwei Scheiben Brot in eine Serviette wickelte, falls er später hungrig werden würde.

Es war zehn vor acht, als sie in einem wohlhabenden Viertel westlich des Zentrums aus dem Bus stieg. Sie hatte den Weg problemlos gefunden. Dort lagen die Straße und die Kreuzung, die Molly ihr beschrieben hatte. Ansos Gastmutter hatte überrascht geklungen, als Gedske sagte, sie würde allein kommen. Ich habe nicht das Bedürfnis, war Allans Antwort gewesen, als Gedske ihn noch einmal gebeten hatte, doch mitzukommen. Wozu soll das gut sein? Was soll es ändern? Nichts. Er hatte recht, das merkte sie jetzt.

Der Sonnenuntergang färbte den Himmel über Swanbourne in einer Weise, die nicht mit den wässrigen, rosa Streifen über den Erbsenfeldern zu Hause zu vergleichen war. Der Asphalt war weich von der Hitze des Tages, und die Gärten dufteten nach Grillkohle und schwach nach den fedrigen Eukalyptusbäumen, die überall standen. Gedske stellte sich vor, wie Anso an derselben Haltestelle ausstieg. Sie sah ihren leicht gehetzten Gang vor sich. Die Form der Knie und die Beine, den Schönheitsfleck, von dem der Hausarzt gesagt hatte, sie solle ihn im Auge behalten. Gedske strengte sich an, sorgfältig zu sein. Sie beschwor den Körper ihrer Tochter Zentimeter für Zentimeter herauf, während sie zu den Geräuschen der Familien, die auf ihren Terrassen zu Abend aßen, die Wohnstraße entlangging. Den Körper, der gerade noch da gewesen war. Vier, bald fünf Tage waren vergangen. Den Körper, der noch da war, aber nichts mehr mit Anso zu tun hatte. Wollen Sie sie sehen?, hatte Schwester Diane gefragt, als sie sie im Royal Perth Hospital empfing. *Sie.* Als wäre das noch immer eine Möglichkeit.

Die O'Briens saßen in ihrem Garten, als Gedske kam. Sie standen gleichzeitig auf, und Gedske erschrak darüber, wie jung sie waren. Sie hatte sie sich im selben Alter wie sich vorgestellt, alles andere kam ihr jetzt unverantwortlich vor. Beide nahmen sie nacheinander in die Arme und drückten sie lange an sich. Erst danach gaben sie ihr die Hand.

Schließlich bat Molly sie leise, in dem robusten Gartenstuhl Platz zu nehmen, der leer zwischen ihnen stand. Sie setzten sich. Mr O'Brien schenkte ihr ein Glas Eistee ein und sagte, er wisse gar nicht, was er sagen solle, aber das stimmte nicht. Er begann sofort zu reden: Die Mädchen haben sie sehr gemocht, das sage ich nicht Ihnen zuliebe, es war wirklich so. Wir hatten schon verschiedene Mädchen bei uns wohnen, aber mit Anso war es etwas Besonderes. Sie hatten eine enge Bindung zu ihr, vor allem unsere Jüngere, glaube ich.

Sie haben sie vergöttert, sagte Molly, sie hat nie so getan, als hätte sie Spaß mit ihnen. Sie hatte wirklich Spaß …

Das ist im Grunde eine Seltenheit, sagte Mr O'Brien, ein erwachsener Mensch, der spielen kann.

Gedske nickte und probierte den Tee, der pappsüß war. Ein erwachsener Mensch?

Mein Gott, es ist so furchtbar, Molly schlug die Hände vors Gesicht, wir begreifen es immer noch nicht. Unfassbar. Bitte entschuldigen Sie.

Die Dunkelheit im Garten wurde dichter, und ein paar braune Nachtschwärmer tauchten auf und taumelten im Licht der Laternen umher, die irgendwann automatisch angegangen waren. Unterdessen sprachen die beiden weiter über ihre Tochter, erinnerten sich abwechselnd an fröhliche Anekdoten oder betonten einfach nur verschiedene Aspekte von Ansos Persönlichkeit. Mr O'Brien holte eine

Flasche Rotwein. Als sie leer war, legte Molly eine Hand auf Gedskes Arm.

Möchten Sie ihr Zimmer sehen? Wir haben die Sachen ja weggepackt, aber vielleicht würde es Ihnen trotzdem etwas bedeuten?

Gedske folgte ihr die Treppe hinauf und in ein Zimmer, das im Vergleich zum übrigen Haus sehr klein und sehr geblümt war. Molly blieb in der Tür stehen. Gedske drehte sich zu der Gastmutter um.

Ich frage mich, ob Ihnen irgendetwas aufgefallen ist.

Mollys Augen flackerten, und Gedske bereute es. Es hatte nicht wie ein Vorwurf klingen sollen.

Sie meinen, an ihrer Stimmung?

Ja. Hat sie sich anders benommen? In der Zeit davor, meine ich?

Molly rieb sich die Oberarme, obwohl es in dem kleinen Zimmer schwül war. Sie überlegte.

Nein. Sie wirkte glücklich an diesem Morgen, sie war joggen gewesen. Wir hatten besprochen, wann sie die Mädchen übernehmen sollte, und uns verabschiedet. Ich bin den Ablauf schon tausendmal im Kopf durchgegangen. Da war nichts. Ach, Gedske, ich wünschte so sehr, ich könnte irgendetwas anderes sagen, was Ihnen hilft. Sie begann zu weinen.

Ist schon in Ordnung, sagte Gedske.

Nehmen Sie sich Zeit, schluchzte Molly, wir warten unten. Fergal wird Sie nach Hause fahren, wenn Sie so weit sind.

Das Zimmer war stumm und sauber. Weder das Bett noch die niedrige Kommode oder die hellgelben Gardinen hatten ihr etwas mitzuteilen. Falls Anso je hier gewesen war, war sie es jetzt nicht mehr. Es kam Gedske vor wie eine Operation unter örtlicher Betäubung. Sie hörte die schrecklichen Geräusche, von denen sie wusste, dass sie Schmerz bedeuteten, doch sie spürte nichts. Wenn sie die Stirn an das Fenster lehnte, konnte sie die beiden unten sehen. Sie umarmten einander, und als Gedske das Ehepaar dort stehen sah, so eng umschlungen, schämte sie sich für Anso, wie früher, wenn sie als Kind bei einer Familienfeier eine Szene gemacht oder ihre Freundinnen eindeutig ungerecht behandelt hatte. Eine Scham, die letzten Endes auf sie selbst zurückverwies. Gedske legte sich auf das Bett, sie schloss die Augen und versuchte sich auszurechnen, wie viel Uhr es zu Hause war, und anhand des Zeitpunktes zu erraten, was die Jungs gerade machten. Solveig war bereit gewesen, sie an Weihnachten zu nehmen. Sie musste etwas zum Dank für sie kaufen, irgendein kleines, dummes Mitbringsel. Und natürlich auch etwas für die Jungs. Wenn sie Allan morgen dazu bewegen konnte, mit ihr das Hotel zu verlassen, könnten sie in die Stadt fahren und etwas suchen.

Bist du müde geworden?, fragte das Mädchen. Ihr Gesicht war ganz nah, und sie roch nach Kind und ein wenig nach Knoblauch.

Ich habe nicht geschlafen.

Ach so, du hast dich nur ausgeruht. Du sprichst genau wie Sophie, so lustig und komisch.

Bist du Katy?, fragte Gedske und setzte sich auf.

Das Mädchen schüttelte den Kopf und wirkte zufrieden, weil Gedske falsch geraten hatte.

Katy ist meine kleine Schwester. Sie ist erst fünf, ich werde bald acht, ich heiße Eloise. Bist du Sophies Mutter? Mein Papa hat gesagt, heute würde Sophies Mutter kommen und sich das Haus und das Zimmer ansehen.

Ja, das bin ich, antwortete Gedske.

Bist du denn nicht traurig?

Doch.

Während sie sprach, hatte sie ihr Nachthemd hochgehoben und wieder fallen lassen, auf diese gedankenverlorene Art, die typisch für kleine Mädchen ist. Der Stoff hatte ein Muster mit Kaninchen und Karotten, und sie trug nichts darunter, die Schamlippen trafen sich in einem dünnen Strich. Jetzt sprang sie auf das Bett und verschränkte die nackten Beine unter sich.

Ich bin auch traurig. Katy hat geweint, als sie schlafen sollte, sie hat so lange geweint, bis sie Kopfschmerzen hatte und Mama ihr eine Tablette in den Po stecken musste. Sie sagt, man kann auch von innen traurig sein.

Das Mädchen klang skeptisch.

Das stimmt schon, sagte Gedske.

Aber weil es innen ist, ist es unsichtbar, und deshalb kann man es nicht sehen oder hören, stellte sie fest.

Gedske sehnte sich danach, den halb nackten Körper an sich zu ziehen, sie hatte vergessen, wie zartgliedrig Kinder in diesem Alter sein können. Viel zu dünn, mit langen Knochen und Haaren, die metallisch schimmerten und aussahen, als würden sie bei einem kräftigen Windstoß weggeweht. Ihre Jungs hatten dieses Elfenhafte beide schon vor einigen Sommern abgeworfen. Bald würde sie ihre Wangen küssen und Rasierschaum riechen, bald würden sie ihre Küsse nicht mehr wollen.

Sie hat sich erhängt, sagte Eloise, Katy sagt, ihre Hände wären ganz blau gewesen, aber das glaube ich nicht. Wie kann das denn sein? Das ist Quatsch.

Soll ich dich in dein Zimmer bringen?, fragte Gedske, sie hatte Angst, dass Molly auf die Idee kommen könnte, nach ihr zu sehen. Das Mädchen kratzte an einem Mückenstich auf ihrem Oberschenkel, dann sprang sie auf und schüttelte den Kopf.

Blau! *Ew!*, sagte sie, machte kehrt und schlüpfte durch eine Tür, die ein Stück den Flur hinab lag.

Vom Fenster aus konnte Gedske die Konturen des Feigenbaums sehen, und ihr wurde klar, dass Anso den Baum nicht gewählt hatte, weil er am praktischsten oder am weitesten weg stand, wie man vermutet hatte, sondern weil es mit Abstand der schönste war.

Es schneite, als sie draußen vor der Kirche standen und zusahen, wie der Leichenwagen das lächerlich kurze Stück bis zum Krematorium fuhr, und es schneite auch in der Woche darauf, als eine etwas kleinere Schar von Trauergästen zusah, wie die Urne in ein Loch im Boden abgesenkt wurde. Ringsherum auf den Straßen lagen noch Feuerwerkskörper und durchweichte Pappen, und ab und zu konnte man hören, wie jemand halbherzig eine letzte Rakete in den weißen Himmel schickte. Gedske stand auf dem Friedhof und fühlte sich im Vergleich zu ihrer Familie unpassend sonnengebräunt. Die Jungen trugen neue, identische Anzüge (die Hosen ihrer alten hatten bei der Anprobe rührend oberhalb ihrer Knöchel geschwebt). Sie drückte ihre Hände, bis Gustav irgendetwas flüsterte und seine Hand zurückzog, und Gedske erkannte, dass nicht klar war, ob sie das durchstehen würden. Alles um sie herum hing so derart lose zusammen, und zum ersten Mal fürchtete sie, nicht genug Energie zu haben, die Dunkelheit auszuhalten. Sich dagegen abzudichten.

Aber es gab Solveig. Solveig war noch die Alte, sie erinnerte Gedske an früher, sie wirkte der Auflösung entgegen. Wie eine Nadel, die zwei Stücke Stoff zusammenfügt, ging Solveig bei ihnen ein und aus, und immer, wenn sie da gewesen war, fühlte sich Gedske ein kleines bisschen weniger nutzlos, ein kleines bisschen mehr wie sie selbst. Solveig hatte eine Menge Ideen, darunter aber auch einige schlechte. Sie hatte vorgeschlagen, Ansos Sachen dem Altkleiderladen eines christlichen Vereins zu geben. Gedske hatte die Angewohnheit entwickelt, ständig Ansos Sachen auseinanderzufalten und wieder zusammenzulegen, und Solveig meinte, das könne nicht gesund sein. Mach es den Jungs zuliebe, hatte sie gebeten, und Gedske hatte eingewilligt. Deshalb füllten sie eines Morgens vier schwarze Säcke, die sie mit vereinten Kräften in Steves Lieferwagen stopften. Solveig hatte gedacht, sie könnten die Säcke einfach auf dem Bürgersteig vor dem Geschäft abladen, aber das Schild an der Tür bat in einer so zittrigen und steilen Schrift darum, den Container auf dem Parkplatz hinter dem Haus zu benutzen, dass sie es nicht über sich brachten, es nicht zu tun. Das Problem war, dass die Säcke nicht durch die Klappe passten, und so mussten sie die Sachen herausholen und zusehen, wie sie Stück für Stück hineinfielen. Anschließend fuhren sie zu Solveig nach Hause und aßen die Reste eines Crumble, und erst da, am Küchentisch, der immer noch mit Zeitungen und den Resten von Steves Frühstück bedeckt war, wurde Gedske bewusst, was sie getan hatte. Der Ort war klein. Sie riskierte, der Jeans ihrer Tochter, ihren Sommerkleidern und der Winterjacke mit dem echten Pelzkragen, für die sie lange gespart hatte, auf der Straße zu begegnen, getragen von einer nichts ahnenden jungen Frau. Gedske hätte Solveig mitten ins Gesicht schlagen können, doch sie begnügte sich damit, aufzustehen und mit einem Knurren ihren Kaffee in die Spüle zu kippen. Solveig ließ sie einfach gehen und rief erst einige Tage später an und fragte irgendetwas Praktisches in Bezug auf die Jungs.

Gedske hatte zweimal versucht, die Familie O'Brien zu erreichen. Beim ersten Mal war die Verbindung nicht zustande gekommen, vielleicht hatte sie es auch nur nicht geschafft, die vielen Zahlen in der richtigen Reihenfolge einzutippen. In der

Leitung war nur ein knisterndes Rauschen zu hören gewesen, bei dem sie ans Universum denken musste. Beim zweiten Mal hatte sie aufgelegt, bevor Molly rangehen konnte, und als diese zurückrief, ging Gedske nicht ans Telefon und hörte auch die Nachricht nie ab, die Molly auf ihrer Mailbox hinterließ. Gedske erwähnte die Anrufe gegenüber Allan nicht, so wie sie auch den Brief verschwieg, der an einem Dienstagvormittag im März eintraf.

Die Jungs waren in der Schule, und Allan arbeitete seit Februar wieder, mit reduzierter Stundenzahl. Gedske hatte das stille Haus für sich, ertrug es aber immer noch nicht, in ihrer Werkstatt zu sein. Sie sah fern und trank schwarzen Tee und aß nur Müsli mit Milch, spülte zwischendurch nicht einmal die Schale. Am besten war es, wenn sie etwas zu tun hatte. Schon eine einzelne Erledigung machte einen Unterschied. Aus diesem Grund war Dienstag oft ein guter Tag. Vor ihrer Trainingsstunde fand ein Rückbildungskurs statt, und Gedske kam immer absichtlich zu früh, um zuzusehen, wie die Babys in Schneeanzüge und Fußsäcke gesteckt wurden. Wenn sie auf ihrer Matte lag und sich darauf konzentrierte, das Becken nach oben zu schieben, geschah es ab und zu: Alles verließ sie in einer gleitenden Bewegung. Alles segelte davon, die Jungs und Allan, das Haus und die Ausstellung,

an der sie seit fast zwei Jahren arbeitete, die wohl-
meinende Stimme von Nurse Diana, der gekühlte
Körper und das tintenblaue Mal um den Hals. Alles, was sie hätte sein und sagen und tun müssen.
So ging es weiter, bis sie nur noch ein Versuch war,
das Gleichgewicht zu halten. Bis sie Gedske war,
so wie sie Gedske gewesen war, als sie mit siebzehn
auf einem Handtuch auf einer griechischen Insel
gelegen und den warmen Sand durch ihre Finger
hatte rieseln lassen. Damals war ihr Glück vollkommen und in ihr geborgen gewesen. Nicht so
wie jetzt, zerstückelt und völlig schutzlos.

Sie hatte noch etwas von der Leichtigkeit aus
dem Yoga im Körper, als sie gerade noch rechtzeitig
aus dem Auto stieg, um den Postboten den Gartenweg hinaufgehen zu sehen. In der einen Ecke ragte
die Luftpolsterfolie aus dem Papier heraus, und ihr
Name war falsch geschrieben, aber das kannte sie
schon, ihre Eltern hatten ihr einen ungewöhnlichen
Namen gegeben. Der Absender lautete E. Pey,
und der Umschlag enthielt einen Stoß computer-
beschriebener Seiten und einen handschriftlichen
Brief auf unliniertem Papier. Die Buchstaben waren
rundlich und leserlich und passten nicht zu dem
weihevollen Ton. Sie füllten genau eine A4-Seite.

Sehr geehrte Frau Vang,

nach etlichen Überlegungen habe ich beschlossen, diesen Brief an Sie persönlich zu adressieren. Ich hatte große Zweifel, wie ich die Sache angehen sollte. Archie und ich haben einen Sohn im selben Alter wie die jüngste Tochter der O'Briens. Archie kennt Fergal schon seit dem Kindesalter, und sie haben im Laufe der Jahre häufig zusammengearbeitet – sie sind in derselben merkwürdigen Branche. Anne-Sophie ist Archie ein paar Wochen nach ihrer Ankunft in Perth zum ersten Mal begegnet. Molly und Fergal hatten zu einem Abendessen eingeladen, und Sophie sollte sich um die Töchter kümmern. Nachdem sie die beiden ins Bett gebracht hatte, setzte Sophie sich zu den Gästen an den Tisch, und danach schrieben sich die beiden regelmäßig – später kam es auch zu Treffen. Wie wir alle war auch Archie zutiefst erschüttert darüber, was im Dezember letzten Jahres geschah. Kurz nach Sophies Tod beichtete er mir sein Verhältnis und erzählte auch von ihrer umfassenden Korrespondenz. Dass ich Ihnen nicht früher geschrieben habe, liegt daran, dass ich aufrichtig im Zweifel darüber war, wie ich reagieren sollte.

Anfangs werden Sie sicher erschüttert und wü-
tend sein, aber vielleicht finden Sie auch eine
Form von Trost in diesen Liebesbriefen (was
sie ja tatsächlich sind)? Zumindest zeugen sie
meiner Meinung nach davon, was für ein be-
sonderer Mensch Ihre Tochter war. Ohne jede
weitere Erklärung schicke ich Ihnen hiermit
also den Briefwechsel zwischen Ihrer Tochter
und meinem Mann Archie Pey. Er erstreckt
sich von Ende August bis Dezember. Die
letzte Mail wurde zwei Tage bevor sie sich das
Leben nahm, verschickt, Archies Antwort sah
sie nie.

Ich überlasse es Ihnen, was damit geschehen
soll. Wenn Sie meinen, die Briefe könnten ein
neues Licht auf Sophies drastische Entschei-
dung werfen, dürfen Sie gern etwas damit
unternehmen, aber ich muss gestehen, dass ich
nicht den Eindruck habe.

Ihr Verlust tut mir sehr leid.

Der Brief war mit Edwina Pey unterschrieben.

Meinst du wirklich? Solveig betrachtete den Umschlag, den Gedske auf ihre Seite des Esstischs

geschoben hatte. Möchtest du sie nicht lieber erst selbst lesen?

Ich habe es versucht, sagte Gedske, ich kann es nicht.

Das war nicht übertrieben. Der Umschlag hatte mehrere Tage zwischen den Sommerklamotten gelegen, ehe Gedske sich entschieden hatte, ihn wieder hervorzuholen. Nachdem sie Ansos erste unschuldige und doch eindeutig flirtende Mail an den Familienvater Archie Pey gelesen hatte, hätte sie sich beinahe übergeben. Es war tatsächlich Ansos Stimme, die vom Papier aufstieg – die fröhliche, leicht gezwungene Natürlichkeit ihrer Tochter.

Solveig nickte, zog den zerknitterten Umschlag aus der Tüte und hielt ihn vor sich.

Was soll ich damit machen? Einfach nur lesen?

Lesen und mir erzählen, was da steht und was du darüber denkst.

Du darfst nicht enttäuscht sein, Geds. Ich lese sie gerne, aber du musst mir versprechen, nicht zu erwarten, dass sie dir auf irgendetwas Antwort geben.

Gedske nahm ein Brötchen aus der Tüte. Ein lautes Sägegeräusch erklang, als das Messer durch die Kruste drang und die Kerne in alle Richtungen flogen. Solveig schenkte Tee aus der Kanne ein, die Gedskes Einzugsgeschenk an sie gewesen war, als der Hof immer noch nach Landwirtschaft roch und man überall auf dem Grundstück verrostete Schrottteile fand. Die Teekanne musste eine ihrer letzten Arbeiten gewesen sein, die eine Funktion im eigentlichen Sinn hatte.

Ich kann nicht aufhören, wütend auf sie zu sein, Solveig, sagte sie.

Das ist doch verständlich.

Dass sie sich derart ausnutzen ließ, dass sie so eine wurde.

Solveig sah sie mit ihren Augen an, die auf eine Weise braun waren, dass sie eigentlich eher grün wirkten. Gedske hatte Schwierigkeiten, den Stuhl unter sich zu spüren. Das Brötchen fühlte sich wirklicher an als ihre Hand, die es hielt.

Natürlich ist das dumm gewesen, erwiderte Solveig, aber sie ist doch weder schlechter noch besser als du oder ich, und wir wissen nichts über die Beziehungen dieser Menschen. Die Leute gehen unterschiedlich mit so etwas um. Wenn Steve und ich uns zu große Gedanken darüber machen würden, was der andere getan oder nicht getan hat – es gibt verschiedene Arten, sich einzurichten. Das meine ich nur.

Er hatte ein Kind.

Wie bitte, fragte Solveig und beugte sich vor, du klingst so komisch.

Sie hat geschrieben, dass sie einen Sohn hätten, sagte Gedske, und dann wurde sie ohnmächtig. Sie kippte nicht vom Stuhl, sondern nur vornüber auf den Tisch.

Sie kam so schnell wieder zu sich, dass Solveig in der Zwischenzeit gerade erst vom Tisch aufgesprungen war.

Ist alles in Ordnung?, fragte sie. Ich hole Steve.

Gedske schüttelte den Kopf, ihr ging es gut, der Stuhl und der Boden und der Tisch waren zurückgekehrt, nur ein irritierendes Flirren im rechten Auge spürte sie noch. Der Tee war über die Tischplatte gelaufen und tropfte auf ihren Schoß.

Könnte ich ein Glas Wasser haben?

Solveig blieb, wo sie war, in der Hocke neben dem Stuhl.

Ich hole eben kurz Steve, der sitzt draußen im Anbau.

Ich brauche nur etwas Wasser, ich habe nicht genug getrunken.

Solveig schenkte ihr ein Glas Wasser ein, nahm den Umschlag und verließ das Wohnzimmer. Als sie zurückkam, hatte Gedske den Tee aufgewischt und ihre Jacke angezogen. Solveig machte eine hilflose Armbewegung.

Er scheint gerade seinen Spaziergang zu machen, ausgerechnet jetzt, wo wir ihn einmal brauchen.

Ich brauche Steve nicht, sagte Gedske.

Und nun denk nicht mehr darüber nach, bis ich alles gelesen habe, sagte sie.

Danke, sagte Gedske und hängte den Lappen an seinen Platz.

Ach Gedske, sagte Solveig, das ist doch das Mindeste.

Steve kam am Waldrand entlang. Er war zu weit weg, um ihn zu begrüßen, aber trotzdem so nah, dass sie nicht so tun konnte, als hätte sie ihn nicht gesehen. Gedske winkte und blieb mit dem Autoschlüssel in der Hand stehen, wo sie war, bis sie die Knöpfe an seiner Wachsjacke zählen konnte.

Hallo, sagte Gedske und ließ sich umarmen. Er roch gut, nach Erde und Pfeifentabak. Nach etwas, das schon lange vorbei war. Weil es besser so war.

Er hielt sie mit ausgestreckten Armen von sich weg und legte den Kopf schief, seit seiner Krankheit sah er anders aus. Ständig wurde bei allen Leuten an allen möglichen Stellen Krebs festgestellt. Es war nicht auszuhalten.

Du bist blass, sagte er und legte eine kühle Hand an ihre Stirn, geht es dir gut?

Ob es mir gut geht?, sagte Gedske, sicher, dass Solveig ihm sowieso alles erzählen würde. Wo kommst du jetzt her?

Aus dem Wald. Ich habe gerade mit Frans telefoniert. Solveig hätte so gerne, dass sie an Ostern für ein paar Tage zu uns kommt. Das habe ich ihr zu vermitteln versucht.

Dann machen wir irgendetwas und laden euch ein, hörte Gedske sich selbst sagen. Seit Ansos Tod erwähnte Solveig ihre Tochter nur selten, und Gedske fragte auch nicht. Ihren Namen auf diese Weise zu hören, ohne Vorwarnung, war wie ein elektrischer Schlag.

Sie meinte, sie müsse wahrscheinlich arbeiten, sagte Steve und seufzte, was weiß ich schon darüber. Sie wirkt –

Steve blickte zurück zum Wald, und Gedske konnte nicht erkennen, ob er, wie er es hin und wieder tat, nach dem passenden dänischen Wort suchte oder ob er nicht wusste, was er sagen wollte.

Weg, sagte er schließlich, unendlich weit weg. Du weißt, wie sie sein kann.

Gedske wiederholte, dass sie etwas zusammen unternehmen sollten, sie würde gerne eine Lammkeule machen. Dann verabschiedete sie sich. Er verschwand durch das Tor auf den Hofplatz, sie sah ihn davongehen. Mittlerweile ein alter Mann, steif in Beinen und Rücken, aber was musste er erst von ihr denken?

Gedske blinkte und hielt am Straßenrand. Sie

öffnete die Tür und ließ die kräftige Frühjahrs-
luft durch den Innenraum toben. Draußen auf
dem Feld, das immer noch gefurcht und leer war,
glänzten die Rücken der Dohlen. Es war keine Of-
fenbarung, vielleicht hatte sie schon die ganze Zeit
gewusst, wie es laufen würde: Solveig würde die
Briefe nie wieder erwähnen. Es würde so kommen
wie damals, als Gedske ihre erste Ausstellung in der
alten Schmiede hatte und Solveig sagte, *Steve hat
sie noch nicht gesehen, aber ich werde dir erzählen,
wie er sie findet, nachdem er da war. Er versteht
mehr von Kunst als ich.* Woraufhin sie nie wieder
darüber sprachen. Es war nicht einmal sicher, dass
sie ihm nicht gefallen hatte, aber aus irgendeinem
Grund war Solveig zu dem Schluss gekommen, es
sei besser, wenn Gedske nichts davon erfuhr. In all
den Jahren hatte dieses ausgebliebene Urteil mehr
Bedeutung für sie gehabt als alle Stipendien, Preise
oder Einzelausstellungen, und Gedske konnte
nichts dagegen tun. Und jetzt würde Solveig die
Korrespondenz zwischen Anso und ihrem Lieb-
haber lesen. Sie würde sie verurteilen, damit es
Gedske erspart blieb. Vergiss alles darüber, be-
deutete das, vergiss Archie Pey. Gedske stieg aus
und hockte sich hinter die geöffnete Autotür, ein
Grashalm piekste sie in der Nähe des Lochs, einige Tropfen landeten auf ihren Stiefelspitzen. Sie

richtete sich auf, wischte sich mit ihrem Tuch ab, einfach so, mit dem Hintern in der Luft, es kam ja niemand. Die Dohlen waren gleichgültig, wie es Dohlen nun einmal sind.

Gedske blickt auf den Schulhof hinab, wo ein älterer Mann in Arbeitsoverall ein paar abgeschlossene Fahrräder zu dem Ständer hinüberträgt, den die Kinder offenbar ignorieren. Er führt die harte Arbeit mit einer Leichtigkeit aus, die es einfacher macht, ihm dabei zuzusehen, und sie hofft, dass ihm jemand dafür danken wird. Draußen auf der Straße wirbelt eine Kehrmaschine Butterbrotpapier, Zigarettenstummel und Glasscherben auf und in sich hinein. Die niedrige Geschwindigkeit passt nicht zu dem ohrenbetäubenden Lärm, den sie verursacht.

Solveig schnarcht, ein zartes, schönes Geräusch, und die Luft im Schlafzimmer ist schwer von ihrem Schweiß und ihren verschiedenen Parfüms. Gedske nimmt den Koffer mit ins Bad und zieht sich dort um, atemlos und nervös, als müsse sie gleich einen Flug erreichen. Sie kann den Frühstückstisch vor sich sehen, mit frischem Obst und verschiedenen Brötchen und Joghurt. Kaffee. Der Gedanke erhellt sie von innen. Dieses eine Mal will sie die Fürsorgliche sein. Dieses eine Mal will sie die Arme ausbreiten und sagen: *Bitte schön!*

Vor einiger Zeit hatte Gedske eine entsetzliche Geschichte gehört, die während eines Essens bei einem von Allans Kollegen erzählt wurde. Jetzt taucht sie in ihr auf wie ein Kälteschauer, während sie mit der Brötchentüte und einer Packung Scheibenkäse in der Tasche auf der Istedgade zurückgeht. Soweit die Leute wussten, war die Frau völlig normal gewesen. Bis zu jenem Vormittag, an dem sie ihre zwölfjährige Tochter in das Auto der Familie zerrte, auf eine Wiese fuhr, die Sitze mit Benzin übergoss und alles anzündete, hatte sie noch nie etwas Auffälliges getan. Jemand musste das Feuer gesehen und die Polizei gerufen haben, jedenfalls nahm auch ein Rettungswagen Kurs auf die Wiese, wo das Auto unter einem Grüppchen Birken stand. Als sich der Fahrer näherte, erkannte er, dass es sein eigenes Auto war. Die Tochter lag einige Meter vom Fahrzeug entfernt mit schweren Verbrennungen auf dem Boden. Die Frau war gestorben, wie sie es bezweckt hatte. Wie wahrscheinlich ist es, fragten sich Gedske und Allan und die anderen Gäste, dass ausgerechnet *er* gerufen worden war? Der Vater des Kindes.

Sie schließt die fremde Tür auf und denkt zum Gott weiß wievielten Mal an das Gesicht des Mädchens. Und hofft aus ganzem Herzen, dass es verschont geblieben ist. Gedske steht still da und horcht, sie hat es rechtzeitig geschafft. Solveig schläft noch.

Garten der Trauer

Auf einer Bank im Enghaveparken gaben wir einfach auf. Ich blieb sitzen, sah ihn in seinem halblangen schwarzen Mantel davonhumpeln und verspürte den starken Drang, ihm in den Rücken zu schießen. Ich wollte sehen, wie er zusammensackt und im Kies liegen bleibt. Die Parodie eines Menschen; dabei war ich die Unmenschliche. Ich schaffte es kaum noch, ihn mit Respekt zu behandeln, sondern schlug und biss und spuckte und trat. Im Laufe des Jahres, das seit dem Unfall vergangen war, hatte ich eine antike Lupe, unsere Tür, ein Buch mit Manara-Zeichnungen und mehrere seiner Pullover zerstört. Ich kehrte in den Laden zurück, den wir zuvor mit leeren Händen verlassen hatten, und kaufte eine Mundharmonika und ein Puzzle für unseren Sohn.

Wir wollten Weihnachten feiern, allen zuliebe. Er schenkte mir zwei Flaschen Rotwein und den Erzählband *Der Himmelberg* von Steen Steensen

Blicher. Fünf Jahre zuvor, ich: zwanzig Jahre alt, betäubt vor Verliebtheit und Sex, mit dem Kopf auf seiner Brust, er liest mir im Schlafzimmer, das auf den verwilderten Garten hinausgeht, *Die Zigeunerin* vor. Seine Stimme ist noch nicht kaputt, sie ist ruhig und um einiges heller, als man denken würde, wenn man ihn sieht. Denn er ist groß und dunkel und breit, mein M., hat einen dichten Bart und eine gewölbte Stirn. Er las mir *Die Zigeunerin* vor, an einem Abend am Anfang. Aber das weiß er nicht mehr. Diese Erinnerung trage jetzt nur noch ich in mir, und das Buch hat er wahrscheinlich gekauft, weil er von sich selbst wusste, dass er Blicher mochte. Er bat mich, die Geschenke noch vor dem Abendessen auszupacken, als wäre er auf meine Reaktion gespannt. Oder wollte er seine Familie davor bewahren? Vielleicht dachte er so weit. Ich saß am Küchentisch und riss das Papier von der ersten Flasche, dann von der zweiten und zuletzt von dem Buch, weil ich auf etwas hoffte, das die Beleidigung durch den Wein wiedergutmachte. Die Enttäuschung schnürte mir die Kehle zu, als ich ihm dankte. Mein Schwiegervater legte den Arm um mich und führte mich nach oben in sein Büro. Ach Liebes, sagte er, und ich weinte an seiner sanften Schulter, ach Liebes, ach Liebes.

Ich gehe zum Wasser und daran entlang. Es ist viertel nach sieben am vierundzwanzigsten Dezember, außer mir ist niemand auf der Straße unterwegs. Über dem Meer hängt blauer Dunst, es regnet ein wenig. Bei der Festung begegne ich doch noch einer Familie mit Kindern. Sie sprechen eine Sprache, die ich nicht verstehe. Sie kommen die Treppe empor auf mich zu, ich sitze auf einer Bank und schaukle zum Takt meines eigenen Atems vor und zurück. Keiner von ihnen rutscht auf den nassen Stufen aus, ihre Gesichter leuchten im Kontrast zur Dunkelheit und den schwarzen Haaren. Ob die Frau alle fünf geboren hat? Mir wird klar, dass ich mir nie das Leben nehmen könnte. Dass ich noch nie so kurz davor war wie jetzt, aber immer noch weit davon entfernt bin. Als ich zu den anderen zurückkehre, steht die Ente auf dem Tisch, und keiner fragt, wo ich gewesen bin. M. freut sich über die Handschuhe und den viel zu teuren Whisky.

Der Neuropsychologe in der Abteilung 123 beendete eines unserer kurzen, sinnlosen Treffen mit einem chinesischen Sprichwort: *Den Garten der Trauer verlässt man mit einem Geschenk*, sagte er, antwortete jedoch nicht, als ich ihn fragte, was passiere, wenn man sich weigerte. Wenn man lieber dort blieb.

An dem Tag im Enghaveparken waren fünf Jahre, sechs Monate und fünfzehn Tage vergangen, seit ich meinen Job am Empfang des Architekturbüros begonnen und quer durch die luftige Modellwerkstatt den neun Jahre älteren M. gesehen und im selben Augenblick geliebt hatte, zwei Jahre und sieben Tage seit der Geburt unseres Sohnes und ein Jahr und vier Tage, seit der Vater des Kindes mit dem Kopf auf die Windschutzscheibe des Taxis prallte, wo er spinnennetzähnliche Risse im Glas hinterließ und dann mit einer solchen Wucht auf den Asphalt aufschlug, dass sein Gehirn gegen die Schädelwand geschleudert wurde. Das Schlimmste ist nicht der Aufprall, sondern der Rückstoß, erfuhr ich später. Ich hatte einen verpassten Anruf von dem Mann, der ihn fand. Allein der Gedanke. Dass der Bildschirm auf meinem Telefon in unserem Schlafzimmer aufleuchtete, dass er auf der nassen Straße lag, während ich weiterschlief. Allein der Gedanke.

Die Polizisten sprachen mich immer wieder mit meinem Vornamen an, vielleicht lernt man das so auf der Polizeischule. Der Name wie eine Hand, die in den Schrecken hineingreift und dich am Kragen aufrecht hält: Ziehen Sie sich etwas an, Caroline, und kommen Sie mit nach unten, Caroline, dann fahren wir Sie ins Krankenhaus. Ziehen Sie sich etwas an, und kommen Sie mit nach unten. Ich zitterte zu sehr für die Strümpfe. Das Gefühl meiner nackten Füße in Gummistiefeln, im Dezember, und meiner Brüste, die weich waren vom Stillen. Die beiden Männer waren gewöhnlich und gepflegt und trugen die gleichen dunkelblauen Rollkragenpullover mit Goldknöpfen an den Schultern. Einer fragte, ob ich mich übergeben müsse. Einer setzte sich mit auf die Rückbank und nahm meine Hand. Ich war früher am selben Tag beim Friseur gewesen, und als wir danach miteinander schliefen, hatte ich für einen kurzen Moment das Gefühl, eine dritte, stark parfümierte Person wäre mit uns im Bett. Im Wartezimmer der Notaufnahme konnte ich die Pflegeprodukte in meinem Haar riechen, während ein Gebet in mir aufstieg wie Dampf und Übelkeit. Um die Zeit mit etwas anderem auszufüllen als Angst, wiederholte ich es unablässig. *Lass ihn nicht sterben / Ich bin noch nicht mit dem Lernen fertig / Ich bin noch nicht mit dem Lieben fertig,* bat ich. *Lass es nicht ihn sein / Lass es einen anderen sein.* Konnte ich den Körper verwandeln, ihn im letzten Moment mit irgendeinem beliebigen Fremden austauschen? Er lag nackt und zugedeckt auf der Liege. Es war sein Urin in dem matten Plastikbeutel; der Geruch einer durchfeierten Nacht hing über seinem Körper. Ich küsste seine Stirn und die

Wangen, die vom Asphalt glitzerten, aber noch nicht angeschwollen waren, wie sie es im Laufe der Nacht sein würden, und schimpfte sanft mit ihm. Du hast mir doch noch dies versprochen. Und das versprochen.

Wenn ich in den folgenden Tagen neben M. saß und ihn betrachtete, wie er zwischen den Maschinen lag, fürchtete ich nicht allein, ihn zu verlieren. Im Laufe der Jahre hatte ich meinen Kreislauf ganz diskret mit seinem verbunden, wie man es über siamesische Zwillinge sagt, und in seinem unbeweglichen Körper sah ich auch meinen eigenen Untergang. Ich zweifelte keine Sekunde daran, dass sich die lebenswichtigen Organe in ihm befanden. Ich war der parasitäre Zwilling, der Geschwür-Mensch. Wenn er mich verließ, würde nicht viel Zeit vergehen, ehe ich eintrocknete wie der Nabelstumpf unseres Kindes, und von der Welt abfiel.

Kaum hatte der Oberarzt die Zufuhr der Schlafmittel gestoppt, flatterten seine Augenlider, die Beine zappelten spastisch, und der Mund kaute auf sich selbst herum. Er hustete erschrocken, in den Muskeln zitterte und zuckte es. Ich stellte mir seine Reise aus dem Koma vor wie einen immer schmerzhafteren Aufstieg durch dunkles Wasser.

Ich legte mein Gesicht an seins und flüsterte ohne Überzeugung, er brauche keine Angst zu haben.

Seine Hände griffen nach dem Schlauch, der das Gehirn durch die Nase mit zusätzlichem Sauerstoff versorgte, und die Krankenschwester musste sie verbinden. Die Hände, die ich so gut kannte (selbst jetzt kann ich sie bei jeder beliebigen Handlung vor mir sehen), wurden zu zwei bandagierten Knollen zusammengepresst. Es quälte mich, sie vor seinem Gesicht in der Luft fuchteln zu sehen wie Katzenpfoten oder sehr kleine Boxhandschuhe.

Die Polizisten kamen im Krankenhaus vorbei und übergaben mir eine Plastiktüte, die den aufgeschnittenen Wollmantel enthielt. In den Taschen fand ich, abgesehen von seinem Telefon, einen orangefarbenen Schnuller, die Muskatnuss (ein Amulett) und den Zettel, den ich einmal in der kleinsten Innentasche versteckt hatte. Das Papier hatte ein weiches Kreuz dort, wo es gefaltet worden war, und ich beneidete die Hände, die diese Bewegung vor vier Jahren in einer Bar in Amsterdam vorgenommen hatten.

Jemand hatte seinen Namen und *Willkommen* auf eine Tafel vor dem Zimmer 93 geschrieben. In der ersten Zeit schlief er viel, und im wachen Zustand war sein Blick von Beruhigungsmitteln verschleiert. Die Therapeuten hatten ihm einen größeren Laufstall gebaut, der mit blauen Matten begrenzt und von zwei niedrigen Schränken abgestützt wurde. Ich legte mich zu ihm und schob mich unter seinen Arm und versuchte, seinen Schweiß von den fremden Gerüchen zu trennen. Die Chemikalien verließen ihn durch die Poren, er litt unter Schuppen und Ekzemen und roch metallisch aus dem Mund. Er befand sich tausend Welten weit weg, wurde in lebhafte Halluzinationen gewirbelt. Er war in Berlin. Er war in Santiago. Er war Pilot im Experimentarium, war noch einmal neunzehn Jahre alt, dann achtundzwanzig. Überall gab es Tiere, er fing Fische und aß sie am Ufer eines Sees und bot mir ein Stück Dorsch an, und die Vögel hatten sich die Flügel gebrochen. Sie mussten im Tierkrankenhaus versorgt werden. Ich war eine dumme Schlampe, ich war seine japanische Praktikantin Natsuko. Manchmal lief unvermittelt ein Wiedererkennen über sein Gesicht wie ein Kriechstrom, ehe es wieder verschwand und ich jeder beliebige Mensch hätte sein können.

Seine alte Wohnung war einige Jahre lang an eine tschechische Familie vermietet gewesen, die uns mehrmals im Jahr zum Abendessen einlud. Ich erinnere mich an Gerichte wie Hähnchen in Orangensoße, Quarkpudding mit roten Beeren und Blätterteigteilchen, die mit einer süßen Mohnpaste gefüllt waren. Als Kristina mit dem zweiten Kind schwanger war, fanden sie eine größere Wohnung, und M. verkaufte seine. Der Vertrag war wenige Tage vor dem Unfall unterschrieben worden. Das junge Mädchen, das jetzt dort wohnt, hat einen schlaffen Händedruck und eine silberfarbene Lampe auf der Fensterbank, wo früher sein struppiger Basilikum stand. Ihr Vater schickte mir immer wieder Nachrichten, während M. in der Klinik war. Ich hatte ihn darüber informiert, dass der Vorbesitzer im Koma lag, und trotzdem schrieb er jeden Tag lange Mitteilungen, in denen es um Schlüssel zu Dachböden und Toren ging, von denen ich noch nie etwas gehört hatte. Das muss endlich geregelt werden, schrieb er, und ich beschloss, dass sie mich sehen sollten. Es war dieselbe Treppe, auf der ich vor einigen Jahren ausgerutscht und gestürzt war. Eigentlich war nichts passiert, doch M. war von der Arbeit nach Hause gekommen, und ich hatte mich sicherheitshalber in sein Bett gelegt. Das Problem war, dass ich nicht hatte aufhören können zu lachen. Ich hatte so überspannt und anhaltend gelacht, dass er einen

Arzt anrief, der darum bat, mit mir zu sprechen, woraufhin ich verstummt war und einschlief. Es war nur ein Schock gewesen. Die ganze Familie öffnete mir die Tür, das schlaffe blonde Mädchen und seine Eltern mit Farbflecken im Gesicht. Ich überreichte dem Vater eine Handvoll Schlüssel, die ich zu Hause gefunden hatte – ich kann keine Schlüssel wegwerfen und sammle alle ausnahmslos in einer Zuckerschale auf meiner Kommode. Die Mutter merkte an, dass sie aussehen würden wie Fahrradschlüssel, und ich musste ihr recht geben. Sie erkundigten sich nicht nach ihm. Ich sagte, er könne inzwischen schon eine knappe Minute aufrecht auf der Bettkante sitzen. Die Sonde gehöre der Vergangenheit an. Keiner trage eine Schuld an dem Unfall. Danke, sagte der Vater, wir werden es mit den Schlüsseln versuchen. Ich reckte den Hals, um das leere Zimmer hinter ihnen zu sehen, der Boden war mit Plastik abgedeckt, und dort, wo sein Bett gestanden hatte, warf eine Arbeitslampe ihren grellen Schein auf Wände und Decke.

Als er sein Bewusstsein so weit wiedererlangt hatte, dass er die Abteilung für kurze Ausflüge verlassen durfte, fuhren wir mit dem Fahrstuhl ins Erdgeschoss, und ich schob ihn versuchshalber in die Krankenhauskapelle. Es war ein Raum mit hohen

Decken, in dem es nach Harz roch. Bring mich hier raus, brüllte er, *get me out of here.* Ich wertete es als gutes Zeichen. Im Gegensatz zu mir war er immer ein erklärter Atheist gewesen, und wenn wir auf unseren Reisen an einer Kirche vorbeikamen, wartete er draußen und rauchte in der Sonne, während ich mich einsaugen ließ und eine Zeit lang ziellos durch die modrige Stille streifte, die an einem solchen Ort herrscht. Ich würde ihn gern so in Erinnerung behalten dürfen: in einem Sonnenstreifen auf der anderen Straßenseite wartend, geduldig und stolz und sehr, sehr schön.

Ich hörte nie auf, ihn zu begehren. Selbst nach der Geburt des Kindes blieb die Verliebtheit brav in unserer Nähe, und wenn es sich einrichten ließ, machten wir uns aus dem Staub, um mit ihr allein zu sein. Seine Eltern kümmerten sich um unseren Sohn, während wir lange Ausflüge die Küste entlang unternahmen, in einen Wald abbogen und es zwischen den Bäumen oder im Auto trieben. Unsere erste Nacht ohne das Kind verbrachten wir in einem Hotelzimmer in Granada. Ich erinnere mich an die mit Puderzucker bestäubte Mandeltorte, an den feinen Nieselregen, der sich auf unsere Gesichter legte, während wir durch die Gärten der Alhambra streiften.

Am vierundzwanzigsten Dezember beschloss ich, das Kind zu ihm zu lassen. Unser Sohn strahlte und lachte beim Anblick seines Vaters, doch als M. nach ihm griff und versehentlich den Hals des Jungen packte, schrie ich so laut, dass er weinen musste. Ich fuhr mit dem schreienden Kind zu meinen Eltern und erklärte, dass ich den Bus nehmen und rechtzeitig zum Essen zurück sein würde. Als ich wieder in sein Zimmer kam, hatte M. unseren Besuch vergessen. Sein Kurzzeitgedächtnis war zerstört, die Minuten trieben verwässert durch ihn hindurch, und nichts blieb hängen. Bist du es?, fragte er, und ich bestätigte es. Als das Tablett mit der Ente und der Soße und den Kartoffeln kam, half ich ihm, die Gabel zum Mund zu führen, und achtete darauf, dass er nicht so viel Saft trank, bis er sich übergeben musste. Der Ergotherapeut bezeichnete seinen Zustand als unkritisch. Das Gehirn überhöre die Sättigungssignale des Körpers, aber es gebe keine Anzeichen dafür, dass M. überernährt sei. In den zehn Tagen, die seit dem Unfall vergangen waren, hatte er so viel Muskelmasse verloren, dass seine T-Shirts lose über der Brust schlackerten. Als er mit dem Hauptgericht fertig war, hob ich den Deckel vom Plastikgefäß mit dem Milchreis und drückte ihm den Löffel in die Hand. Schaffst du das?, fragte ich. Er nickte. Frohe Weihnachten, sagte er, und ich küsste ihn zum Abschied. Ich liebe dich. Sprich mir nach: Ich liebe dich.

M. trainierte klaglos, und wann immer in der Abteilung ein Spieleabend veranstaltet oder gemeinsam gesungen wurde, nahm er daran teil. Nach einem Monat konnte er, auf einen Rollator gestützt, kürzere Strecken zurücklegen und sich immer länger merken, wo er war und was er dort machte. Ein Unfall, sagte er zögernd. Bin ich von der Straße abgekommen? Oder gestürzt? Er behandelte seine Krankenschwestern mit reservierter Höflichkeit und gab sich Mühe, sie nicht zu verwechseln. Dorthe, Louise, Gitte, Yvonne, Vibeke. Ich verspürte eine große Dankbarkeit gegenüber diesen sanften und starken Frauen, die ihn pflegten, und wenn sie mitunter herablassend zu ihm waren, will ich es ihnen nicht vorwerfen. Ein Mensch mit einer solchen Kopfverletzung hat unverkennbar etwas Kindliches an sich. Eine Unschuld, oder einfach nur anhaltende Verwunderung.

Nachdem ich mir einen Überblick über die Patienten in der Abteilung verschafft hatte, ordnete ich sie nach einer Bewusstseinshierarchie. Ganz unten befanden sich diejenigen, die das vegetative Stadium noch nicht verlassen hatten und es vermutlich auch nie tun würden. Kevins Mutter beobachtete mich neidisch, wenn ich M. den Gang entlangschob. Sie saß am Bett ihres Sohnes und wartete darauf, dass er hustete. Dann erinnere ich mich an seine Stimme, sagte sie ohne Selbstmitleid. An der Schranktür hing ein Foto von einem jungen Mann mit breitem Kopf, der schüchtern in den Raum lächelte. Der Geisterfahrer war am Unfallort gestorben, seine beiden Freunde mit ein paar Schrammen davongekommen. Kevins Mutter beneidete mich, und ich beneidete die Angehörigen, die Patienten mit gebrochenen Beinen oder schwachen Herzen und Infektionen besuchten – oder sogar mit Krebs. Irgendwo zwischen Kevin ganz unten und M., der jeden Tag etwas Neues zu lernen schien, befand sich eine Gruppe von Menschen, die nicht aus dem Rollstuhl aufstanden, aber gestikulierten. Menschen, deren kommunikative Fähigkeiten auf Zeichen von Abscheu und Begeisterung reduziert waren oder deren Mimik vollkommen weggewischt war, in deren Gesichtern alles herunterhing oder um die Nase herum zusammengezogen war. Die Variationen waren unendlich und brutal. Ein türkischer Mann hinterließ besonderen Eindruck bei mir. Er war über zwei Meter groß, und weil er wie M. in einem unkritischen Zustand war, aber keinen so guten Stoffwechsel hatte, wurden ihm all seine

Pullover zu kurz und enthüllten einen weichen, behaarten Bauch. Der Mann bewegte sich mit kurzen Schritten durch den rechteckigen Gang und fixierte einen Punkt vor sich in der Luft. Seine Arme hingen gerade herunter, und die Finger waren nach hinten gebogen wie bei einem Schlafenden. Nur ein einziges Mal sah ich eine Gefühlsregung bei ihm, als ihm der Physiotherapeut einen Becher Kakao aus dem Automaten im Aufenthaltsraum anbot. Da lächelte er breit, trank ihn in drei Schlucken aus und bat sofort um mehr. Später wurde mir erzählt, dass er in einem Gemüsegroßmarkt gearbeitet und einen Arbeitsunfall gehabt hatte, und ich konnte die Vorstellung nicht mehr verdrängen, wie der Kipplader auf seinen Schädel gekracht war und Mehmet im selben Moment in diesen Kindsmann verwandelt hatte, den seine Frau mit einer so großen Ohnmacht betrachtete, dass ich wegsehen musste, wenn die Familie ihr mitgebrachtes Essen in der Gemeinschaftsküche einnahm. Ihre Kinder hatten sich gegenseitig, konnten sich in ihrer eigenen Welt verstecken und auf den Gängen toben und spielen. Sie war unwiderruflich allein.

Wir stiegen am Lille Triangel in den Bus 1A ein. Ich zog die Bremse des Kinderwagens an, pellte unseren Sohn bis zum Bauch aus dem Schneeanzug und zog ihm die Schlupfmütze vom Kopf. Wir waren aus der Welt gefallen, es war eine schlichte Zeit. Ich hatte keine Erwartungen an die Tage. Der Bus glitt am Kastellet vorbei und auf die Store Kongensgade in ihrem teuren Glanz, beim Magasin stiegen Touristengruppen ein, dann fuhren wir weiter durch die Stadt Richtung Hauptbahnhof. Wenn der Bus von der Tietgensbroen abfährt und in die Ingerslevsgade einbiegt, kann man für einige Sekunden das Tor zu unserem Innenhof sehen. Nach dem Unfall war ich ein einziges Mal in der Wohnung. Ich hatte vorgehabt, ein paar Bücher und Klamotten zu holen und mich zu vergewissern, dass alle Lampen und Kochplatten ausgeschaltet waren, hatte den Kühlschrank leer räumen und den Müll herunterbringen wollen. Meine Mutter wartete unten im Auto, und ich erlaubte mir, mein Gesicht in sein gebrauchtes T-Shirt zu pressen. Die Sehnsucht ist körperlich spürbar wie kein anderes Gefühl. Sie fährt in einen hinein und breitet sich mit einer solchen Geschwindigkeit aus, dass man glaubt, man würde vom Kopf bis in den Unterleib gespalten. Ich stand in unserem Schlafzimmer und atmete durch den zerschlissenen Baumwollstoff, bis sich sein Geruch nicht länger von dem Geruch im Raum unterschied. Ich schob die Schublade aus Drahtgeflecht mit dem Fuß wieder zurück in den

Schrank, schloss die Türen und machte das Bett. In der Küche spülte ich Gläser und wischte über den Küchentisch, dann füllte ich drei IKEA-Taschen mit Klamotten und Büchern.

An dem Freitag, als es geschah, hatte M. sich früh freigenommen. Er kam in den Friseursalon, als ich noch mit dem Umhang und dem schweren Gummikragen um den Hals dort saß. Die Friseurin bat ihn, auf dem Sofa hinter mir Platz zu nehmen. Ich erhaschte seinen Blick im Spiegel, verlegen über meine neue Frisur, an der sie immer weiter herumzupfte. Das Haar hing in glatten Bahnen vor meinem Gesicht. Es gibt ein Foto von mir aus einem Café, das wir kurz darauf verließen, um nach Hause zu fahren und zu vögeln. Ich weiß noch, dass er mich von hinten nahm, aber nicht, ob er dabei kam und wie es bei mir war. Es gibt ein Foto von mir, das mit der Photo Booth App im Wohnzimmer aufgenommen wurde. Man sieht mich vom Hals aufwärts, aber ich weiß, dass ich nackt war und er gerade im Bad, ich schickte es an meine Schwester und schrieb: Neue Frisur! Draußen auf dem Treppenabsatz sah ich ihn zum letzten Mal. Die schwarze Mütze, der Mantel und die Art und Weise, wie er die Treppe hinab*poltern* konnte. Ich schloss die Tür, ging wieder ins Schlafzimmer und zog mich an, einen schwarzen Rollkragenpullover, hohe Stiefel, ich wählte die Tasche, die er mir in Granada geschenkt hatte. Blau und weich schmiegt sie sich um die Plastikwürste mit Milchreis, den Gefrierbeutel mit den gehäuteten Mandeln und der Kirschsoße, die ich am selben Morgen gekauft hatte. Es regnete in Strömen, und ich stopfte die Tasche unter meine Jacke, um das Leder zu schützen.

Es regnete immer noch, als ich ihn kurz nach Mitternacht anrief, auf dem Heimweg im Taxi. Ich konnte die Party bei ihm im Hintergrund hören, er selbst klang aufgekratzt, aber nüchtern. Die Promille stehen irgendwo in seiner Krankenakte, in einer Mappe in seiner neuen Wohnung, aber das hat keine Bedeutung mehr. Es macht keinen Unterschied. Ich weiß nicht, ob wir am Telefon sagten, dass wir einander lieben, aber warum sollten wir es nicht getan haben.

Den Gyldne Dame. Mai's Massage. Ein Blumenladen. Irgendwann ging es auf die Autobahn, und man hatte das Gefühl, weit wegzufahren, bevor der Bus seine Endstation erreichte und an der Haltestelle vor dem Hvidovre Hospital einbog. Die Fahrgäste waren ausgedünnt, oft blieben nur noch einige wenige übrig, die hier aussteigen wollten. Mitunter war ich auch die Einzige. Im Laufe der drei Monate, in denen ich jeden Tag diese Fahrt machte, war mir eine bestimmte Art von Männern aufgefallen, die sich in der Vorhalle des Krankenhauses aufwärmten. Vielleicht waren sie obdachlos, vielleicht einsam, oder sie zogen das Treiben im Krankenhaus einfach nur der Stille ihrer eigenen Wohnungen vor. Einer brachte eine Tüte Milchbrötchen mit, die er vor einem der aufgehängten Monitore verspeiste. Ein anderer, etwas älter mit einem Klumpfuß, kaufte sich eine Orangenlimonade und trank sie an einem Tisch in der Cafeteria. Einige sahen verwahrloster aus, ließen ihr Haar verfetten und verfilzen. Die Männer waren immer schon da, wenn ich kam, und ich sah sie nie mit dem Bus wieder nach Hause fahren, obwohl sie das natürlich auch taten.

Noch lange nach dem Unfall konnte M. sich nicht mehr an die Geburt unseres Sohnes erinnern. Die Vergangenheit blitzte bruchstückhaft auf, und ich tat, was ich konnte, um seine Inseln der Klarheit festzuhalten, zu verbinden und zu erweitern. Meine Hoffnung war, dass irgendwann ein ganzer Küstenabschnitt mit Erinnerungen in ihm entstand, die jenen entsprachen, die auch ich in mir trug. Ich beschrieb Ausschnitte aus unserem gemeinsamen Leben in Details. Den letzten Streit, was wir normalerweise zu Abend aßen, das Muster unserer Bettwäsche und die Abläufe rund um das Kind. Die Serie, die wir gerade sahen. Mit der Zeit bekam meine Frage einen flehenden Charakter: *Erinnerst du dich?*

In diesem Jahr schneite es noch weit bis in den Frühling hinein. Gitte sorgte dafür, dass wir uns unten auf der Kinderstation einen Kinderwagen leihen konnten. Es war ein moosgrünes Modell von Odder aus den 90ern, auf der Seite stand mit schwarzem Edding die Stationsnummer. Ich fand es unbehaglich, meinen Sohn mit den Gurten anzuschnallen und ihn dort liegen zu sehen, als könnte der Wagen ihn krank machen und dafür sorgen, dass auch er hierbleiben müsste. Wir nahmen den Fahrstuhl ins Erdgeschoss und gingen durch die großen Drehtüren, an dem Platz entlang, wo der Bus wendet, überquerten den Rasen zwischen einigen Wohngebäuden und eine einspurige Straße und betraten den Friedhof. Wir spazierten die matschigen Wege auf und ab. Ich empfand eine abgrundtiefe Müdigkeit. Nach einigen Runden ließ ich ihn den Wagen schieben, aber sein Gang war steif und befremdlich, und er schlurfte. Das Kind wurde von dem Geräusch wach, und ich übernahm gereizt wieder den Griff und bat ihn, normal zu gehen. Das liegt an meinen Schuhen, erklärte er, sie sind zu groß. Ich erwiderte, dass seine Verletzung den Gleichgewichtssinn beeinflusst hätte. Das liegt daran, dass ich es nicht gewohnt bin, auf etwas anderem zu gehen als Bambusböden, murmelte er. Glatten, glänzenden Bambusböden. Nein. Das stimmt nicht. Du hast eine Kopfverletzung und weißt nicht, wovon du redest. Du wirst im Hvidovre Hospital behandelt, das liegt dort drüben. Guck. Ich deutete auf die grauen Gebäude, deren Flachdächer hinter einer Reihe von schwarzen Bäumen hervorschauten. Er kniff die Augen zusammen, die Mütze verbarg, dass sein Haar zu lang geworden war und jungenhaft über den Ohren abstand. Ich musste freundlicher zu ihm sein, und geduldiger. Eines Tages würde er die Welt wieder so betrachten, als würde sie auch ihm gehören, und mich ebenfalls. Ich lächelte und hakte mich bei ihm unter. Die Hoffnung war euphorisierend, sie beflügelte mich und machte mich stark, bis sie mich so überraschend wieder fallen ließ, dass ich keine Luft mehr bekam. In diesem Zustand kostete es mich all meine Kraft, mich wieder daran festzuklammern und hochziehen zu lassen.

Ende März wurden wir zu einem Entlassungsgespräch gebeten. Die Sonne schien, am Tisch herrschte eine erwartungsvolle Stimmung. Ich saß am Kopf des Tisches (wir waren die Ehrengäste) neben M., der seinen aufgeschlagenen Kalender vor sich liegen hatte. Wie zuvor schrieb er mit Druckbuchstaben, aber sie waren groß und kindlich schief, als würden sie von einem Magneten in die untere rechte Ecke gezogen. Der Neuropsychologe fing an, dann erhielten die anderen im Team nach und nach das Wort. Zu diesem Zeitpunkt hatte M. bereits zweimal allein den Bus in die Stadt genommen und die Wohnung besucht. Zuletzt, als er, zur Vorbereitung auf seine Entlassung, für ein Omelett mit Manchego und Spargel eingekauft und es anschließend auch zubereitet hatte. Nachdem er ihn beim Kochen beobachtet hatte, packte der Ergotherapeut seine Sachen und ließ uns allein zurück. Wir aßen das Omelett in dem kalten Wohnzimmer, die Heizungen waren den ganzen Winter über ausgeschaltet gewesen. Er schnitt das Omelett und legte ein Stück auf meinen Teller. Es war ein gutes Omelett, und wir aßen es auf. Ich sehnte mich verzweifelt aus meinem eigenen Körper hinaus, wie man es bei einer Lebensmittelvergiftung oder in den Minuten vor einem Examen erlebt. Die Krankheit, die in der Klinik beinahe natürlich gewirkt hatte, ließ sich jetzt, wo er sich wieder in der Wohnung befand, unmöglich ignorieren. Wir aßen schweigend in unseren Jacken. Ich lächelte ihm aufmunternd zu. Für mich war er zutiefst und vollständig verändert.

Aufzuwachen ist nichts anderes als die Sehnsucht, die wieder von vorn anfängt, nur stärker.

Einige Monate nach dem Unfall fand ich eine CD-ROM mit ein paar unscharfen Handyvideos aus der Zeit, bevor ich ihn kannte. Auf einem Video ist er im selben Alter wie ich, trägt eine Mütze aus kariertem Tweed und wirkt eindeutig bekifft. Er und ein Freund haben ein Katapult gebastelt, auf das er mit großer Sorgfalt eine selbstgedrehte Zigarette platziert. Nach einer Kunstpause schlägt er mit der Faust auf das Ende eines Lineals, und die Zigarette fliegt durch die Luft, an seinen schnappendem Kiefer vorbei, und landet auf dem Boden. Trotzdem blickt er so ungerührt in die Kamera, als hätte er sie wirklich gefangen! M. behält die selbstsichere Grimasse noch einige Sekunden, ehe er lachend zusammenbricht und sein Freund hinter der Kamera genauso. Dann ist der Film vorbei. Ich habe es nicht gewagt, ihn noch einmal zu sehen, denn da bist du, und ich kann es nicht verkraften und will es auch gar nicht versuchen.

Diese unaussprechliche Scham: Nicht ein Satz in mir, der deiner würdig ist.

Ich lüge.

Dein Name. Sag ihn.

Segnungen

Ich hatte ihn schon einmal zufällig gesehen; einige Monate bevor ich Danny kennenlernte. Damals zog ich gerade um, ich hatte meine Sachen aus einem Lagerraum in Sydhavnen geholt und wollte das Wochenende nutzen, um die Kartons auszupacken und mich einzurichten. Ich sprach mit zwei Kollegen darüber, ein Feierabendbier trinken zu gehen. Daraus war schon mehrmals nichts geworden, Luna hatte Rücken- oder Kopfschmerzen gehabt, und Binøe wollte nur mitkommen, wenn Luna dabei war. Wir schlossen unsere Fahrräder auf und schoben sie unter der Brücke hindurch, am Hotel Astoria vorbei und die Reventlowsgade entlang. Ich schlug eines der großen Cafés auf dem Halmtorvet vor. Der Frühling hatte gerade begonnen, und damals rauchten wir alle noch.

Da sind doch nur Touristen, sagte Luna, kam aber trotzdem mit. Wir gingen weiter am Gymnasium vorbei und wollten gerade um die Ecke biegen, als Binøe abrupt stehen blieb.

Guck mal, der da. Da oben.

Der Mann, über den er sprach, erklomm gerade mit nacktem Oberkörper die Kletterwand des DGI-Gebäudes und hatte schon die Hälfte geschafft. Seine Freunde bildeten unter ihm eine Gruppe und johlten. Er kletterte schnell und war bald so weit oben, dass einem schon vom Zusehen die Hände schmerzten.

Er bringt sich noch um, flüsterte ich.

Die sind doch besoffen, sagte Luna.

Wir konnten uns nicht lösen, es war unmöglich, den Blick von ihm abzuwenden. Die Männer aus der Gruppe, die am weitesten entfernt standen, begannen zu rufen, er solle herunterkommen. Halb im Scherz drohten sie ihm Prügel an, wenn er nicht auf sie hören würde. Der Kletterer zögerte einen Moment, doch jetzt bekam er wieder einen Griff zu fassen und zog sich noch weiter empor, seine Rückenmuskeln bewegten sich geschmeidig unter der Haut. Er war so gut in Form, dass es leicht wirkte.

Ich halte das nicht aus, sagte Luna.

Einer der Männer sah zu uns, und als hätte er erst in diesem Moment den Ernst der Lage begriffen, versuchte er seinen Freund jetzt mit echtem Zorn in der Stimme nach unten zu beordern. Der Kletterer ließ mit einer Hand los, drehte sich halb um und grinste breit. Sein Freund wiederholte die Aufforderung. Zur großen Belustigung der anderen reagierte der Kletterer darauf, indem er mit der freien Hand so tat, als würde er sich einen runterholen.

Was für Idioten, sagte Luna, und dann gingen wir widerstrebend weiter. Es erforderte all meine Willenskraft, nicht umzukehren und zurückzulaufen, ich wollte mich der Gruppe der Männer anschließen und seinen Namen rufen. Hör auf, so dumm zu sein! Denk doch mal nach!

Unkonzentriert trank ich mein Bier. Immer wenn ich eine Sirene hörte, schnürte sich mir der Hals zu. Einige Stunden später betrat ich die leere Wohnung. In einem Umzugskarton fand ich Putzmittel und zwei poröse Gummihandschuhe. Ich fing mit dem Badezimmer an, wo es noch hell war, und arbeitete mich von dort im Dunkeln durch die restliche Wohnung. Schrubbte die Spritzer und Flecken des früheren Bewohners weg. Wischte Staub und Essensreste vom Herd und entdeckte ganz hinten in einem der Küchenschränke zwei Dosen Labskaus, die ich auf den Treppenabsatz hinausstellte. So ging es weiter, bis ich um kurz nach Mitternacht mit einem Gefühl in der Brust ins Bett ging, das ich am besten als Sehnsucht beschreiben kann.

Als Danny an einem Samstag im Mai an meiner Tür klingelte, hatte ich schon lange die letzten Kartons ausgepackt und mich daran gewöhnt, meinen Namen allein und über einer neuen Adresse stehen zu sehen. Die Nachbarin unter mir hatte mir die beiden empfohlen, als ich sie eines Tages am Glascontainer traf. Sie hatten ihre Küche gemacht, und sie sagte, sie seien bezahlbar und zuverlässig.

Danny war groß, er roch angenehm nach Creme und Zigaretten und wollte gerne eine Tasse Nescafé haben, wenn es mir nicht zu viele Umstände bereite. Sein Kollege kam eine Dreiviertelstunde später als vereinbart. Danny und ich standen im Flur und nahmen ihn in Empfang, wie eine Generalprobe des Paares, das wir im Laufe des Sommers werden würden. Aron nahm seine Mütze ab und verbeugte sich so tief, dass seine rotblonden Haare den Boden streiften.

Tut mir leid, dass ich zu spät bin, sagte er und offenbarte eine Menge schiefer weißer Zähne.

Erst war ich mir nicht sicher, dann hatte ich ohne bestimmten Grund keine Zweifel mehr. Also war er nicht abgestürzt. Wahrscheinlich war er noch höher geklettert, bevor er schließlich ganz mühelos wieder heruntergeklettert war.

Macht nichts, sagte ich und ergriff seine ausgestreckte Hand.

Seither habe ich natürlich darüber nachgedacht, was passiert wäre, wenn es umgekehrt gewesen wäre. Wenn Danny und nicht Aron an diesem Vormittag zu spät gekommen wäre. Ich weiß: ein extravaganter und letztlich völlig sinnloser Gedanke.

Das Sommerhaus lag sieben Kilometer außerhalb der Stadt an einer schmalen Straße, die sich mit der Landschaft hob und senkte. Danny hatte mir ein Stadthaus versprochen, aber laut Timothy hatte es nichts gegeben, was näher am Zentrum lag als der Hybenvej. Er holte uns an der Bushaltestelle ab, ich hielt den Kleinen im Arm. Seine Mütze verrutschte ständig so, dass er die Schnüre in die Augen bekam und schrie. Er hatte nicht wie erhofft im Zug geschlafen.

Da wären wir also, rief ich, als Timothy nahe genug war, um uns zu hören. Seit unserer letzten Begegnung hatte er sich einen Bart wachsen lassen.

Habt ihr lange gewartet?, fragte er und legte den Arm um Dannys Schulter. Wir redeten über den Westwind, der mich nach vorn schob, als ich den Kleinen im Kindersitz anschnallte. Ich setzte mich auf die Rückbank neben ihn und ließ ein Spielzeug vor seiner Nase baumeln, aber er war müde und weinte unverdrossen weiter.

Jaja, sagte ich, ich weiß, ich weiß.

Hinter uns mühten sich die beiden Männer mit dem Gepäck ab. Eine Menge Sachen mussten herausgenommen und verschoben werden, es dauerte, und das Verdeck des Kinderwagens wurde brutal gegen das Autodach gequetscht. Ich wollte Danny bitten, ein bisschen vorsichtiger zu sein, aber im nächsten Moment saßen die beiden schon vorn, und Tim sagte: Das ist ein richtiges Mädchenauto, für alles gibt es Knöpfe.

Der Kleine hatte aufgehört zu weinen, ohne dass es mir aufgefallen war.

Am Haus gab es nichts auszusetzen. Es war aus Holz, schwarz gestrichen und gleichzeitig gemütlich und modern. Von der Küche und dem Esszimmer aus blickte man auf eine Wiese, und dahinter lag das Meer. Ich ging hinein, um ein Fläschchen zu machen. Tim rührte gerade in einem großen Topf, er trat zur Seite, damit ich an den Wasserkocher kam.

Chili con carne, erklärte er, eine riesige Portion.

Im Fernsehen lief ein Trickfilm über eine Schweinefamilie, die ins Schwimmbad gehen wollte. Sie lachten ständig über jeden Quatsch und immer alle gleichzeitig. Der Kleine hatte die Augen geschlossen und trank im Schlaf weiter. Der Sessel, in dem ich saß, war groß, hässlich und bequem. Wenn man sich mit dem oberen Rücken dagegenstemmte, schob sich die Sitzfläche vor, und man landete in einer einschläfernden Liegeposition. Als das Fläschchen leer war, zog ich ihm vorsichtig den Sauger aus dem Mund und trug ihn in unser Schlafzimmer. Ich legte einen meiner Pullover in das faltbare Kinderbett und hoffte, er würde den Weichspülergeruch überdecken.

Nach dem Abwasch tranken wir Bier und sahen eine deutsche Sendung mit Amateurvideos, die kein Ende zu nehmen schien. Sobald man glaubte, sie wäre vorbei, stellte sich heraus, dass es nur eine weitere Werbepause war. Es wirkte hypnotisierend, den vielen fremden Menschen dabei zuzusehen, wie sie danebensprangen oder -trafen, wie sie tanzten und hinfielen und sich wehtaten, manchmal sogar richtig verletzten. Ich saß neben Danny auf dem Boden und lachte, bis ich Bauchweh bekam. Irgendwann legte er die Hand auf meinen Nacken und massierte mich, aber nur kurz. Wir waren schon seit über zwei Wochen nicht mehr miteinander im Bett gewesen. Ich fürchtete die trockene Distanz, die zwischen uns entstand, wenn zu viel Zeit verging. Timothy blieb auf dem Sofa liegen und sah bescheuert aus mit seiner Schiebermütze. Um zehn sagte ich, ich müsse jetzt schlafen gehen, weil der Kleine zurzeit so früh aufwache.

Ich saß im Sessel und betrachtete die Morgendämmerung über der Wiese. Timothy kochte Kaffee und hinterließ dem Vermieter eine lange Nachricht auf dem AB. Das Internet funktionierte einfach nicht, aber keiner wollte die Verantwortung dafür übernehmen. Danny kam mit einem Handtuch um die Taille aus dem Bad. Sein Körper hatte schon immer so ausgesehen, als würde er einem viel jüngeren Mann gehören. In seiner linken Brustwarze steckte ein Silberstab, den hatte er sich auf einer Reise nach Istanbul piercen lassen und es, soweit ich wusste, auch nie bereut. Anfangs war ich immer verlegen gewesen, wenn mein Blick darauf fiel.

Hallo, ihr beiden. Er küsste mich auf die Stirn.

Hallo Papa, sagte ich. Es war zu einer schlechten Angewohnheit geworden, für den Kleinen zu sprechen. Er konnte sich nur schwer auf die Flasche konzentrieren.

Bleib hier, sagte ich, du Schneeaffe. Du Schlawiner.

Nachdem die Jungs weggefahren waren, wischte ich die Krümel vom Küchentisch und sterilisierte die Milchflaschen. Den Kleinen hatte ich auf eine Decke vor den Fernseher gelegt, er plumpste auf den Rücken und fing an zu quengeln. Ich schenkte mir eine Tasse Kaffee ein. Irgendjemand hatte vergessen, den Deckel der Thermoskanne ordentlich zuzuschrauben. Der Kleine sah mich an, und dann heulte er richtig los.

Hey, du, sagte ich und schnappte ihn mir. Er saß bei mir, während ich meinen Kaffee trank. Der Himmel war blau, und der Wind zerrte an der Hecke, die unseren Garten vom benachbarten trennte. Ich kramte seine hellgraue Daunenjacke aus dem Rucksack hervor. Die kleinen Finger spreizten sich und verfingen sich im Ärmelloch, er hämmerte seine Fersen auf die Decke und hustete.

So, sagte ich und hob ihn hoch, fertig!

Der Garten roch nach Tang. Ein Stück den Kiesweg hinunter konnte ich einen rot gekalkten Hof erahnen, davon abgesehen gab es hier nur Sommerhäuser, die wie unsere aussahen. In den Einfahrten parkten keine Autos, unten auf den Feldern grasten Kühe. Der Kleine blinzelte.

Guck mal, sagte ich und deutete auf die gemächlichen Tiere, Kühe.

Er hatte seinen einen Hausschuh ausgezogen und ihn in das feuchte Gras geworfen. Ich zog ihn kommentarlos wieder über seinen Fuß und ging zur Schaukel. Dort setzte ich ihn in den Sitz, doch er machte sich steif wie ein Brett, und ich musste seine kurzen Beine durch die Löcher ziehen. Er hing ganz schief in dem Gestell, es sah verkehrt aus. Ich holte ein Kissen und stopfte es ihm in den Rücken.

Huiiii, sagte ich, als die Schaukel auf mich zusauste, huiiii.

Er lächelte vorsichtig.

Huiiii, sagte ich und stieß ihn ein wenig fester an.

Als er aufhörte zu lächeln und einfach nur dasaß, hob ich ihn wieder heraus und ließ ihn ein paar Blätter von einem Busch zupfen. Am entferntesten Ende des Gartens wuchsen Brombeeren. Die meisten waren vertrocknet, aber ich fand eine gute und hielt sie ihm vor den Mund. Er sah mich an.

Brombeere, sagte ich und zerdrückte sie zwischen den Fingern, damit er den Saft probieren konnte.

Nachdem ich ihn ins Bett gebracht hatte, versuchte ich erfolglos, eine Internetverbindung herzustellen. Die Infomappe zum Haus lag in einem Brotkorb auf dem Küchentisch, und der Gedanke, diejenige zu sein, die es zum Laufen brachte, war verlockend.

Am anderen Ende der Leitung konnte ich hören, wie jemand einen Schluck von etwas trank. Ich schilderte die Situation.

Überprüfen Sie den Router, sagte er, ist er eingeschaltet? Das müsste so eine Box hinter dem Fernseher sein.

Ich erwiderte, er würde leuchten.

Aber auch grün?

Ja, antwortete ich.

Dann könne er auch nichts tun. Dafür sei er nicht zuständig, vielleicht sei es irgendeine Störung an einem Sendemast oder Satelliten. Sie hörten Radio dort im Büro, es klang gemütlich.

Vielen Dank für die Hilfe, sagte ich und hoffte, er konnte sich denken, dass ich es nicht ernst meinte. Auf dem Fußboden kletterten zwei Fliegen aufeinander herum, mal war die eine oben, dann die andere, und so flogen sie unbeholfen einen knappen Meter zusammen und landeten erneut. Als ich gerade den Fernseher einschalten wollte, begann der Kleine erneut zu weinen. Ich öffnete die Tür zum abgedunkelten Schlafzimmer.

Schschsch, flüsterte ich und steckte die Decke um ihn herum fest, du sollst schlafen. Er sah mich mit klaren, dunklen Augen an, ehe er sich abwandte und sie wieder schloss. Ich bereitete eine Flasche vor und packte den Rucksack mit Windeln und Feuchttüchern, dann rief ich Danny an.

Um zehn vor elf sah ich das Auto auf einem Hügelkamm auftauchen und wieder verschwinden, ehe es sich uns näherte, größer und mit Ton. Der Kleine war unzufrieden, so lange im Kinderwagen gelegen zu haben, und ich fror. Der Wind pfiff durch die Knopflöcher meines Mantels.

Sorry, rief er und sprang aus dem Auto, wir haben echt Stress da unten.

Was ist, wenn wir wieder nach Hause müssen?

Dann fahre ich euch einfach zurück, das ist kein Problem.

Ich erwiderte nichts. Danny nahm den Kleinen hoch und setzte ihn in den Kindersitz. Den Kinderwagen hatten wir uns von Dannys Schwester ausleihen dürfen, sie hatte zwei Mädchen, die schon größer waren. Ich stand da und starrte den Wagen an, ich hatte noch nie versucht, ihn selbst zusammenzuklappen.

Du ziehst die da zurück, sagte er und gestikulierte, und drückst das nach unten, dann faltet sich das Gestell zusammen.

Der Kleine wurde noch wütender, als er in den Kindersitz sollte. Er spannte den ganzen Körper an und gab einen zornigen Schrei von sich. Endlich spürte ich, wie die Metallstangen nachgaben und ineinanderglitten.

Steig ein, sagte Danny. Wir heizten durch die leere Landschaft. Normalerweise hätte ich ihn gebeten, langsamer zu fahren. Weit unter uns konnte ich die Bucht und den Hafen sehen, wo sie arbeiteten. Ein Kran schwenkte über den Kai und langsam wieder zurück. Das Gefühl, dass nichts wirklich existierte, war den ganzen Morgen in mir gewachsen und entfaltete sich nun in meinem Gehirn wie eine Blüte. Hör doch auf, sagte ich mir selbst, aber ich konnte nicht.

Ruf mich dann einfach an, sagte Danny und rollte den Rand seiner Mütze so weit nach unten, dass der Waschzettel zum Vorschein kam. Er trabte mit den Händen in der Tasche zur Baustelle. Ich konnte Timothy sehen, der mit einem der Handwerker sprach. Er winkte Danny zu und deutete in Richtung des Bauwagens. Ich blieb eine Zeit lang mit dem Kleinen auf dem Arm stehen, dann legte ich ihn in den Wagen und ging dorthin, wo Danny mir die Hauptstraße gezeigt hatte.

Man brauchte eine knappe Viertelstunde bis zum Stadtzentrum. Die Häuser waren niedrig und entweder weiß oder senfgelb gestrichen, in den meisten Fenstern standen Zimmerpflanzen und Kerzenständer. Ich ging in eine Buchhandlung und blätterte in einigen Kochbüchern. Mit ihren bunten Fotos und den Versprechen von lebhaften Tischgesellschaften haben sie immer einen aufmunternden Effekt auf mich. Die Dame im Laden beschäftigte sich mit dem Kleinen. Ich wartete, bis sie sich wieder aufgerichtet hatte, dann reichte ich ihr das Buch.

Ich nehme dieses hier, sagte ich.

Das ist sogar im Angebot, es kostet nur fünfzig.

Das hatte ich gar nicht gesehen, sagte ich.

Sie fragte, ob sie es einpacken solle, und ich sagte Ja.

Dort, wo sich die beiden Straßen der Fußgänger-
zone kreuzten, war ein Platz mit einer Kirche, zu
der auch ein Garten mit Kieswegen und Blumen-
beeten gehörte. Ein niedriger Zaun trennte den
Garten vom übrigen Platz. Ich schob den Kinderwagen einmal ringsherum, durch das Tor und zum
Eingang. Die Holztür öffnete sich automatisch,
wie bei einem Laden. Drinnen war niemand zu
sehen, und ich blieb im Vorraum stehen, weil ich
mir nicht sicher war, ob man das Kirchenschiff mit
dem Wagen betreten durfte.

Hallo, sagte eine Frau, die von irgendwo weiter
hinten auftauchte. Sie war groß und hatte eine zer-
zauste Frisur, die ich nicht mit einer Kirche in Verbindung gebracht hätte. Kann ich Ihnen helfen?

Wir gucken nur.

Tun Sie das, sagte sie und platzierte einen Stapel
Faltblätter auf einem Tisch zwischen zwei großen
Kupferleuchtern. Die Kerzen hatten lange, weiche
Dochte. Sie rückte die Broschüren gerade.

Das ist das Programm für Oktober.

Wir sind nur zu Besuch, sagte ich, wir wohnen
in Kopenhagen.

Sie betrachtete den Kleinen, unternahm aber
keinen Versuch, ihm ein Lächeln zu entlocken.

Unabhängig davon haben wir morgen Vormittag
um elf hier in der Kirche eine Baby-Liederstunde,

sagte sie und reichte mir ein Faltblatt vom Stapel. Anschließend trinken wir Kaffee zusammen, das ist immer sehr nett. Sie sind beide herzlich willkommen.

Unten am Hafen war kein Mensch zu sehen. Die Bagger standen mit geöffneten Türen in der Sonne. In den Rillen der Raupenketten klebte getrocknete Erde. Ich ging um die Absperrung herum und zum Bauwagen. Durch das Fenster konnte ich sehen, wie sie dicht nebeneinander über einen Laptop gebeugt standen. Timothys Hand ruhte zwischen Dannys Schulterblättern. Er deutete auf den Bildschirm und sagte etwas, woraufhin Danny eifrig nickte. Dies war ihr bislang größter Kunde, und sie wollten unbedingt alles richtig machen.

Was Danny betraf, hatte sich sein Streben nach Höherem erst allmählich entwickelt, er war lange damit zufrieden gewesen, einfach nur Zimmermann zu sein. Aron und er hatten zusammen gearbeitet, seit sie als Vierzehnjährige entdeckten, dass sie ihre Körper auch anders einsetzen konnten, als sich auf dem Skateboard die Knochen zu brechen. Wie sich herausstellte, zahlten die Leute gut für die unermüdliche Ausdauer, mit der ein junger Mann, der gern sein eigenes Geld verdienen möchte, fast jede Tätigkeit erledigen kann. Die beiden rodeten Gärten und schliffen Böden ab, glätteten Wände und verputzten sie neu. Es gab keine Aufgabe, die sie nicht gegen Bezahlung ausgeführt hätten. Später machten sie eine Ausbildung und jobbten für verschiedene Firmen, ohne deswegen die Schwarzarbeit am Wochenende aufzugeben. In dem Sommer, als ich sie kennenlernte, arbeiteten sie gerade in einer Villa im Norden von Kopenhagen. Wie immer lief es gut, bis der Auftraggeber Aron eines Tages beschuldigte, einen teuren Füller gestohlen zu haben. Der stritt es hartnäckig ab, und Danny hielt zu ihm. Ich fand nie genau heraus, wie es weiterging, jedenfalls sahen sie ihren Lohn für die Arbeit dieses halben Sommers nie, und Danny war außer sich. Diese Geschichte brachte ihn dazu, die Schwarzarbeit aufzugeben; und eines Abends erklärte er, er wolle eine weiterführende Ausbildung machen. Aron erzählte mir später, der Füller sei nicht das Einzige gewesen, was er eingesteckt habe, und bei Weitem nicht das Wertvollste.

Ich klopfte an die geöffnete Tür. Tim sah auf und grüßte, ohne seine Irritation zu verbergen.

Danny, sagte ich.

Er blickte mich an, als könnte er mein Gesicht nicht gleich einordnen.

Wollt ihr jetzt zurück?

Ja, antwortete ich und ging los zu den Autos.

Hinter mir konnte ich hören, wie Timothy versuchte, lustig zu sein. Meinetwegen sollte er sich betrinken und ins Meer stürzen und irgendwann im Frühjahr wieder angespült werden, wie die, von denen man ab und zu hörte, die nur noch anhand ihrer Zähne identifiziert werden können.

Guck mal, da oben, sagte ich, Möwen.

Der Kleine machte seine unbekümmerten Spuckebläschen.

Ich putzte Lauch, entsorgte die Schalen und grünen Teile aus der Spüle, schälte Kartoffeln und würfelte sie und brachte alles in einem Topf mit Hühnerbouillon zum Kochen. Als sich der angenehme Duft im Wohnzimmer ausbreitete, schaltete ich den Herd aus und trug den schweren Topf in den Garten. Ich war ihnen nichts schuldig. Die Suppe landete mit einem Geräusch im Gras, als würde sich jemand übergeben. Ich zertrampelte die Kartoffeln mit der einen Socke und spürte, wie die Wärme durch die Wolle drang. Die Wellen in der Ferne hatten Schaumkronen. Den Topf, glänzend und plump, ließ ich im Gras liegen.

Ich hatte es schon so oft getan, die Finger wussten genau, was jetzt kam. Der weiche Sauger, der mit einem Plopp aus dem Plastikring gedrückt wurde, das abgekochte, abgekühlte Wasser und sechs gestrichene Löffel von dem cremefarbenen Pulver, dann schütteln. Ich wurde nicht mehr traurig, wenn ich den Milchersatz in ihm verschwinden sah, ich schaffte es sogar, in Gedanken den Kühen zu danken. Keiner hatte mir erklären können, woran es lag. Am Tag nach der Geburt begann der Milcheinschuss, und meine Brüste fühlten sich an wie Sandsäcke, die mir jemand um den Hals gehängt hatte. Der Kleine saugte, wie er sollte, sein Zungenband war nicht verkürzt, und trotzdem verlor er an Gewicht. Wir fuhren mit dem schwachen, gelblichen Säugling zurück ins Krankenhaus und wurden mit Milchpulver und der Anweisung, in der Apotheke eine elektrische Milchpumpe zu mieten, nach Hause geschickt. Als ich am selben Abend die Plastikhauben anlegte und versuchte, die Milch abzupumpen, kamen nur zehn wässrige Millimeter heraus. Ich weinte, weil ich mein Kind hatte hungern lassen, und ich weinte, weil ich mich vom rhythmischen Vakuumzug der Pumpe an meinen Brustwarzen gedemütigt fühlte. Danny tröstete mich, so gut er konnte. Ich bin davon überzeugt, dass er zu keiner Zeit die Tiefe meiner Verzweiflung verstand.

Ich hatte den Kleinen auf mir einschlafen lassen, und jetzt bewegte er sich beim Geräusch des Motors und dem Scheinwerferlicht, das durch das

Zimmer schweifte. Er hustete, als ich ihn in das Bett legte, wachte jedoch nicht auf. Meine Oberschenkel brannten von der Wärme seines Körpers.

Sitzt du einfach nur hier?, fragte Danny und machte die Lampe über dem Esstisch an. Timothy strampelte seine Sicherheitsschuhe ab und verschwand im Bad, ohne zu grüßen.

Habt ihr schon gegessen?, fragte ich.

Er zog seine Mütze über meine Ohren.

Ich wiederholte die Frage, setzte die Mütze jedoch nicht ab.

Wir haben in der Stadt was gegessen.

Ich lauschte der Dusche und musste mir Timothy nackt und nass vorstellen. Danny holte zwei Bier aus dem Kühlschrank und reichte mir eins. Ich hatte den ganzen Tag nichts anderes gegessen als eine halbe Packung Rosinenkekse und ein paar Ricola, die ich in einer Küchenschublade gefunden hatte. Das Bier kribbelte in meinem Mund. Dann fiel mir meine Einladung wieder ein.

Kannst du uns morgen wieder in die Stadt fahren?

Er kniete vor dem Stuhl und legte seinen Kopf auf meinen Schoß, wie es der Labrador meiner Eltern auch immer getan hatte. Sein Haar war stumpf vom Baustaub.

Mm, sagte er.

Timothy hatte ein hellgraues Joggingset angezogen und glich einem ungeliebten Kind. Sein Haar war zu einem niedrigen Pferdeschwanz zusammengebunden. Er hängte seine Arbeitsklamotten über eine Stuhllehne und sah mich an.

Frierst du?

Nein, das war nur Danny, sagte ich und nahm die Mütze ab. Mein Pony hob sich elektrisch.

Timothy schenkte sich ein Glas Cola ein und ließ sich auf das Sofa fallen. Er erkundigte sich nach meinem Tag und wie ich die Stadt fände und wie es dem Kleinen ergangen sei? Er klang falsch wie eine Schlange, und ich antwortete so knapp, wie ich es mir erlauben konnte.

Die Pfarrerin sah von ihrem Stuhl hinter dem Flügel zu, wie sich die Frauen auf ihren Plätzen einrichteten und ihre Kinder vor sich auf dünne Schaumstoffmatten legten, die auf dem Boden vor dem Altar ausgelegt worden waren. Ich blieb auf halbem Weg im Mittelgang stehen und wartete auf ein Zeichen. Ich fühlte mich schrecklich unwillkommen. Keine der anderen Mütter hatte sich vorgestellt oder gefragt, wer ich war, und ich konnte mir nicht vorstellen, dass sie mich nicht gesehen hatten. Jetzt drehte die Pfarrerin uns den Rücken zu und schlug einige Akkorde an, und die Frauen verstummten. Es erschien mir zu dramatisch, genau in diesem Moment wieder zu gehen, deshalb suchte ich mir einen freien Platz neben einer mageren, schwarzhaarigen Frau. Zwischen ihren ausgestreckten Beinen lag ein schwarzer Junge mit ein paar weichen Locken auf dem Kopf.

Hallo, sagte sie, euch kennen wir noch nicht, oder?

Ich wollte antworten, aber das Präludium war vorbei, und jetzt sangen sie *Im Osten geht die Sonne auf*. Ihre Stimmen waren klar und voll, wir formten mit den Händen eine Sonne über unseren Kindern. Es war sehr berührend. Ich musste die Lippen fest zusammenpressen, um die Tränen zurückzuhalten. Danny und ich waren uns einig gewesen, unseren Sohn nicht taufen zu lassen, es hatte gar nicht zur Debatte gestanden. Danny war richtig konfirmiert worden, ich hatte nur eine Feier und mir Geld gewünscht.

Und aus deinem Paradies, sangen wir, und die Pfarrerin stand auf. Heute trug sie eine Bluse und einen Rock. Ihre knochigen Knie und ihr athletischer Körper erinnerten mich an einen Transvestiten, der mir zu Hause ab und zu begegnete, wenn ich spazieren ging.

Ich wollte nur kurz erwähnen, dass wir heute Besuch haben. Therese ist hier, weil ihr Mann gerade beruflich in der Gegend zu tun hat.

Einige aus dem Sitzkreis murmelten etwas, und die Pfarrerin fuhr fort: Gestern hat sie mit ihrem Sohn in der Kirche vorbeigeschaut. Ich freue mich sehr, dass ihr meine Einladung angenommen habt.

Herzlich willkommen, sagte die dünne Frau, ich heiße Pernille.

Die Willkommensrede der Pfarrerin machte mich schwindelig, ich wurde mir meiner selbst bewusst. Ich konnte mich nicht erinnern, wann ich zuletzt im Zentrum von so viel Aufmerksamkeit gestanden hatte.

Nehmen Sie sich bitte ein Tuch, sagte die Pfarrerin.

Die Frauen griffen ganz selbstverständlich zum

Haufen in der Mitte, einige nahmen sich selbst, andere reichten auch ihrer Nachbarin eins. Beides wirkte aus irgendeinem Grund berechnend. Ich kitzelte und küsste den Kleinen, wenn der Text es vorgab. Als wir mit den Tüchern fertig waren, ging die Pfarrerin mit einem Xylophon umher. Vor jedem Kind spielte sie dasselbe Intervall. Die beiden Töne stiegen silbrig zur gewölbten Decke empor. Wir sangen zwei weitere Kirchenlieder, dann war die Zeit um.

Kommen Sie mit zum Taufbecken, sagte die Pfarrerin. Die drei Frauen, die am nächsten saßen, standen auf und setzten ihre Kinder auf den Beckenrand. Wir anderen stellten uns hinter ihnen an. Die Pfarrerin drehte eine Plastiktüte um und schüttete bunt gefärbte Federn in die Granitschale. Pink und blau und gelb bedeckten sie die Füße der Babys. Und dann begann sie zu singen, eine Art Hymne, monoton und feierlich. Die Frauen stimmten ungeniert ein. Als das nächste Grüppchen Babys kam, griff die Pfarrerin eine Handvoll Federn heraus und ließ sie zurück in die Schale schweben. Die ganze Zeit sangen wir, selbst die, die schon zusammenpackten, summten weiter. Es dauerte nicht lang, bis ich das Lied auch auswendig kannte.

Jetzt sind wir an der Reihe, Pernille griff meinen Arm und zog mich schwesterlich nach vorn. Es war kein unangenehmes Gefühl, nur ungewohnt. Wir hoben unsere Kinder hoch, der Anblick der Federn brachte den Kleinen zum Lachen, aber die Pfarrerin verzog keine Miene.

Das Gemeindehaus lag auf der anderen Seite des Platzes zwischen einem Klamotten- und einem Farbenladen. Wir gingen gemeinsam hinüber. Im Freien sah ich, dass Pernilles natürliche Haarfarbe hellblond oder sogar rot sein musste. Ihre Stirn war sommersprossig, der schwarze Zopf trocken und stumpf von zu vielen Färbungen im eigenen Badezimmer. Sie war auch älter, als ich zunächst gedacht hatte. Als ich noch die achte Klasse besucht hatte, war sie schon nach Kopenhagen gezogen, um auf die Hotel- und Restaurantfachschule zu gehen. Dann lernte sie ihren Exmann kennen, wurde mit ihrer ersten Tochter schwanger, und sie zogen wieder nach Jütland. Schlag auf Schlag. Sie hatten es nicht geplant, es war einfach passiert. Damals hätten sie ja gedacht, es wäre für immer, wie sie sagte.

Und du?

Ich arbeite eigentlich für ein Reisebüro, sagte ich, verkaufe den Leuten Pakete. Wir helfen ihnen dabei, sich eine Urlaubsreise zusammenzustellen, und sie können sich an uns wenden, wenn sie unterwegs Probleme bekommen.

Vermisst du den Job?

Ja, antwortete ich.

Wenn mich die Leute nach meiner Elternzeit fragten, antwortete ich immer, es sei anstrengend, aber auch wirklich schön. Nie langweilig oder einsam, nie so, als würde man auf einer Luftmatratze sitzen und zusehen, wie das Leben dort drüben am Strand immer kleiner und kleiner wird.

William geht ab nächster Woche zu einer Tagesmutter, was ist mit –

Aron.

Aron. Habe ich noch nie gehört. Ist das ein nordischer Name?

Er ist nach einem Freund von Danny benannt.

Das übliche Echo im Bauch. Eine sich ausbreitende Sehnsucht beim Gedanken an sein Gesicht.

Ach. Da hat er sich bestimmt gefreut, oder?

Pernille hielt mir die Tür auf und folgte mir dann in die Eingangshalle.

Er weiß es nicht. Er ist zwei Monate vor der Geburt gestorben.

Sie erschauderte.

Das tut mir leid.

Ich nickte, und sie sagte nichts mehr.

Der Kleine war von Danny, daran bestand kein Zweifel, man musste ihn nur ansehen. Anfangs machte mich das unglücklich, obwohl ich wusste, dass es besser so war. Wenn ich Fotos von Aron betrachtete, dachte ich, ich hätte es vorhersehen müssen. Sein Blick war unversöhnlich, er hatte keinerlei Geduld mit dem, was ihm gegeben worden war. Wenn wir anschließend nebeneinanderlagen, schläfrig und ohne uns zu schämen, bat ich ihn, mir von seiner Kindheit auf dem Land zu erzählen oder von den Frauen, mit denen er im Bett gewesen war, wie sie ausgesehen haben und was er mit ihnen gemacht hatte. Keiner von uns erwähnte jemals Danny, es war eine Frage des Respekts. Stattdessen erzählte er. Von seinem Kunstlehrer, der seinen Hund erschossen und sich das leblose Tier auf den Schoß gelegt hatte, ehe er sich selbst erschoss. Er beschrieb, wie es in einer kubanischen Ausnüchterungszelle roch, und erinnerte sich noch an die Namen der amerikanischen Spielsüchtigen, die in der Wettbürozentrale in Costa Rica anriefen, wo er innerhalb kurzer Zeit zum Teamleiter aufgestiegen war. Ab und zu riefen auch die Ehefrauen an und flehten ihn weinend an, ihre Männer daran zu hindern, noch mehr Geld auf unwichtige Basketballspiele zu setzen. Aron tröstete sie mit derselben wunderbaren Stimme, die auch ihre Ersparnisse in einem sinnlosen Loch verschwinden ließ.

Wie soll ich das erklären? Er war ein unstetes Glück in meinem Leben, voller Licht. Heute kann ich eine große Dankbarkeit beim Gedanken daran empfinden, dass wir uns so lange gleichzeitig auf der Welt befanden und immer recht nah beieinander. Als ich ihn das letzte Mal sah, hatten wir keinen Sex, ich litt unter einer beginnenden Beckenringlockerung, und mir war übel. Wir saßen in seiner Einzimmerwohnung, sahen *Good Will Hunting* und aßen das grüne Curry, das ich selbst geholt hatte, aber nicht herunterbekam. Ab und zu legte ich die Hand auf meinen harten Bauch. Ich hatte ihm erzählt, dass das Kind laut der Hebamme mittlerweile die Größe einer Netzmelone hatte, darüber lachte er. Dieses Obst sei ein besonders passender Maßstab. Vier Tage später wurde Danny von Arons kleinem Bruder angerufen. Arons Herz hatte nach einer Überdosis von irgendetwas ausgesetzt, Speed vielleicht, ich hörte nicht genau hin. Ich fuhr nicht mit hinaus nach Hvidovre und ging auch nicht zur Beerdigung.

Es gab zwei verschiedene Kuchen und Brot, Scheibenkäse und Schinken und eine Schale mit geschnittenem Obst und Karottenschnitzen, aber keinen Kaffee. Der Stapel mit Tellern stand unangerührt auf dem Tisch, die Frauen waren damit beschäftigt, ihre Babys zu füttern. Ich legte Aron auf dem Boden ab und begann sein Fläschchen zu machen. Neben mir saß ein unansehnliches Kind mit einem länglichen Gesicht und verschmierte Leberwurstbrothappen auf der Tischplatte.

Also wirklich, Alberte, sagte ihre Mutter.

Das Mädchen nahm eines der kleinen, grauen Vierecke zwischen Daumen und Zeigefinger und führte es zum Mund, um anschließend so mit der Hand auf den Tisch zu hämmern, dass die anderen Stücke hochflogen und auf dem Boden landeten. Die Mutter zog sie vom Stuhl und legte sie auf den Boden neben den Kleinen. Alberte robbte auf den Armen voran und zog den Unterkörper hinter sich her wie eine Gelähmte. Was auch immer ich in der Kirche gespürt hatte, war nicht mehr da. Ich wollte gerade zusammenpacken – das Fläschchen konnte ich ihm auch im Café oder unten im Bauwagen geben –, als die Pfarrerin mit einer Thermoskanne in jeder Hand in der Tür stand.

Anscheinend haben sie in dieser Etage das Wasser abgestellt, zum Wickeln müsst ihr also nach oben gehen.

Sie erblickte mich und hielt eine der Kannen hoch.

Kaffee?

Sie schenkte zwei Tassen ein, kam herüber und setzte sich zwischen mich und Albertes Mutter. Keine von uns sagte etwas, wir sahen die Babys an, die sich auf dem blauen Linoleum annäherten.

Die Pfarrerin deutete auf die Teller: Greif einfach zu.

Ich bedankte mich und legte eine Scheibe Weißbrot auf eine Serviette. Danny behauptete, mein Körper hätte sich nicht verändert. Du bist toll, sagte er. Genauso fest wie damals, als ich dich kennengelernt habe. Ich wusste, dass Letzteres gelogen war. Immer, wenn ich nieste, sickerte ein Tropfen Urin mit heraus, das war vorher nicht passiert. Aber vielleicht spürte er wirklich keinen Unterschied? Bei Danny wusste man nie genau. Aron hatte meinen neuen Körper nicht mehr zu sehen bekommen. Er hatte ihn vorher gesehen, und er hatte ihn gesehen, als er warm und geweitet war. Aber vor dem hier, diesem Breiten und Traurigen, das mein Körper nach der Geburt bekommen hatte, war er verschont geblieben.

Ich schmierte mir ein Käsebrot, die Pfarrerin trank ihren Kaffee und fragte mich über die Arbeit unten am Hafen aus. Eigentlich wusste ich nicht viel darüber, antwortete aber, so gut ich konnte. Irgendwann musste Pernille aufgestanden und gegangen sein, ohne dass ich es bemerkt hatte.

Unter einer Markise holte ich den Regenschutz hervor und breitete ihn über den Kinderwagen. Ich knöpfte meinen Mantel bis oben zu und zog die

Ärmel meines Pullovers über die Finger, dann ging ich in Richtung Baustelle durch die Stadt.

Die Maschinen waren in Betrieb, aber ich konnte keinen Menschen sehen. Der Wind hatte aufgefrischt, und eine besonders große Welle schleuderte das Wasser mehrere Meter weit auf den Kai. In den Fenstern des Bauwagens brannte Licht.

Therese!

Sie stand mit einer Einkaufstüte in der Hand hinter mir. Unter der fest geschnürten Kapuze war nur ein kleiner Ausschnitt ihres Gesichts zu erkennen.

Habe ich doch richtig gesehen, dass du es bist. Seid ihr auf dem Weg nach Hause?

Ich deutete auf den Bauwagen.

Ich wollte gerade zu meinem Freund gehen, damit er mich zurückfährt.

Soll ich mitkommen?

Wenn du willst.

Laute Musik schallte heraus. Ich musste zweimal anklopfen, ehe die Tür geöffnet wurde. Timothy kam auf Socken, hinter ihm auf dem Klapptisch stand eine Palette Dosenbier. Ich stellte Pernille vor.

Danny ist gerade unterwegs, sagte er, ehrlich gesagt habe ich keine Ahnung, wann er zurückkommt.

Dann warten wir so lange. Gibt es hier irgendwo einen Ort, wo wir die Jungs hinstellen können?

Es dauerte einen Moment, bis Timothy verstand, was ich meinte.

An der Südseite ist es windgeschützt, sagte er.

Wir parkten die beiden Kinderwagen und stiegen über den Tritt ins Warme. Pernille sah sich neugierig um und öffnete den Reißverschluss ihrer Daunenjacke.

So was hab ich noch nie von innen gesehen, sagte sie.

Möchtet ihr etwas trinken? Wir haben Tee und Kaffee.

Serviert ihr auch Bier?, fragte Pernille mit einer Version ihrer Stimme, die sie offenbar nur für Männer reserviert hatte.

Timothy zog zwei weitere Bierdosen aus der Verpackung.

Prost, sagte ich, und wir tranken. Der Wind ließ die dünnen Wände wackeln und irgendetwas anderes anhaltend quietschen. Das eine Babyfon schepperte. Ich musste mein Gesicht in die rechte obere Ecke des Fensters klemmen, um die beiden zu sehen. Es war ein ermutigender Gedanke, dass dort draußen im Sturm zwei Babys lagen und schliefen. Ich machte mir keine Gedanken. Danny hatte eine Schwäche für unerwarteten Besuch. Wenn sich eine Gelegenheit ergab, gemütlich und spontan zu sein, ergriff er sie fast immer.

Der Schichtleiter klopfte an und schlug vor, die letzten Arbeiten am Fundament auf den nächsten Tag zu verschieben. Bei dem Wetter habe es keinen Sinn. Das sei nix, wie er sagte, ehe er die Tür hinter sich zufallen ließ und William weckte. Pernille ging hinaus, um ihn zu holen. Ich saß gut gelaunt und ziemlich betrunken auf Dannys Schoß. Es war ganz plötzlich gekommen. Tim räumte die durchweichten Pizzakartons zusammen und stopfte sie in den bereits überquellenden Mülleimer. Danny hustete, und ich tat so, als wollte ich mich bequemer hinsetzen, dabei wollte ich in Wirklichkeit spüren, wie er unter mir hart wurde. Ich fühlte mich angespannt und leicht, wie wenn man den ganzen Tag nichts gegessen hat und zu einem Fest geht.

Aron schläft wie ein Stein, sagte Pernille und zog ihrem schlaftrunkenen Baby die Mütze vom Kopf.

Ich nickte und war nicht in der Lage, etwas anderes als dumpfe Erregung zu empfinden.

Ist sein Vater schwarz?, fragte Timothy

Grün ist er jedenfalls nicht, sagte Pernille, wir waren nur einmal im Bett. Da hatten die Leute endlich was zu reden.

Das ist der Vorteil daran, in Kopenhagen zu wohnen, sagte ich, dort interessiert so was niemanden.

Pernille lächelte. Vielleicht beim Gedanken an

jenen Mann, dessen Sohn sie jetzt in dem alten Fischerort durch die Gegend schob.

Hast du gar nicht überlegt? Danny verschränkte seine Hände vor meinem Bauch, und ich spürte seine Erektion von hinten am Oberschenkel.

Ich wollte immer gerne mindestens drei Kinder, sagte Pernille und zog ihr T-Shirt hoch, und durch einen Schlitz im Stoff tauchte eine sommersprossige Brust auf. William gab einen merkwürdigen Laut von sich und schloss seinen Mund um die Warze. Mit der freien Hand zwickte er sie mechanisch am Hals. Pernille sprach weiter über ihre Nachbarn, die gedacht hatten, sie und ihr Ex wären wieder zusammengekommen. Sie hatte sie bis zu dem Tag in dem Glauben belassen, als sie mit dem hellbraunen Neugeborenen im Arm vorbeigeschaut hatte. In diesem Moment fiel mir mein Defekt wieder ein, und ich spürte, wie das champagnerleichte Gefühl meinen Körper in einem niederträchtigen Sog wieder verließ. Die Milch.

Danny, sagte ich, wir müssen jetzt fahren. Ich habe nicht genug Milchpulver mitgenommen.

Er hob mich hoch und setzte mich auf meinen eigenen Stuhl.

Jetzt schläft er doch gerade.

Es ist über vier Stunden her, dass er zuletzt etwas bekommen hat.

Willst du ihn wecken und fahren?

Er kann meine linke haben, sagte Pernille.

Als keiner reagierte, wiederholte sie ihr Angebot.

Ich produziere zu viel. Ich habe sogar schon überlegt, den Überschuss zu verkaufen, aber das war mir zu kompliziert. Wusstet ihr, dass das geht? An die Neugeborenenstationen, meine Kusine hat das bei ihrem zweiten auch gemacht.

Timothy sah sie an, als wäre sie ein gefährliches, aber seltenes und elegantes Insekt.

Das musst du entscheiden, sagte Danny.

Das ist wirklich nett von dir, setzte ich an –

Früher war es ganz normal, dass man die Kinder der anderen gestillt hat. Das hat mir meine Hebamme erzählt.

Pernille sah mir nicht in die Augen. Ihre Wangen glühten, und ich brachte es nicht über mich, sie in Verlegenheit zu bringen. Sie wollte uns einen Gefallen tun.

Dann lass es uns einfach versuchen, sagte ich aufmunternd, das Schlimmste, was passieren kann, ist wohl, dass er sie nicht nehmen will.

Nachdem er eine Weile frustriert geweint hatte, verstand der Kleine, was wir von ihm wollten, und trank verblüfft.

Na also!, flüsterte Danny.

Selbst Tim schien erleichtert auszuatmen. Mein Sohn trank mit geschlossenen Augen. In seiner rechten Hand knautschte er die Stoffwindel, die ich ihm immer als Schmusetuch mit ins Bett gab. Pernille sagte nichts, sie griff ihre Brust und drückte sie zusammen, das schwarze Haar fiel ihr in die Augen. Ich saß mit William da, der robuster und schwerer war als Aron. Versuchsweise steckte ich die Nase in seine dunklen Locken: Er roch nach nichts Bestimmtem. Ich war nicht mehr betrunken, nur träge und dumm vom Bier. Die Milch floss zu schnell für den Kleinen, er kam gar nicht hinterher, ich konnte hören, wie er Luft schluckte. Ein wenig lief über, seine Wange entlang und ins Ohr hinein. Dann endlich zog er seinen Kopf zurück und japste.

Pernille sah auf, ihr Gesichtsausdruck wirkte verbissen. Der Kleine jammerte und zappelte.

Willst du ihn nehmen, während er sein Bäuerchen macht?, fragte sie und streckte ihn mir entgegen, aber ich konnte meine Hände nicht bewegen, die über Williams aufgeblähtem Bauch verschränkt waren. Ihre Brust hing über den Rand des BHs wie ein leerer Handschuh.

Ein Augenblick, der mir seither unverzeihlich vorkommt, verstrich. Dann nahm Danny ihn ent-

gegen und klopfte ihm zwischen die Schulterblätter, bis die Luft seinen Mund mit einem feuchten
Laut verließ und er sich beruhigte. Ich reichte William wieder an Pernille zurück und bedankte mich
mehrmals hintereinander für ihre Hilfe.

Auf der Rückfahrt überließ ich Danny das Reden, denn ich fürchtete, das, was in meinem Hals
feststeckte, würde herauskommen, wenn ich den
Mund öffnete. Der Kleine spielte mit einer Wasser-
flasche, er lachte beim Anblick des kleinen Schlucks,
der von einem Ende zum anderen schwappte. Ich
musste an den Topf denken, der wie ein Amulett in
der Dunkelheit unter dem Brombeerbusch glänzte.
Wenn ich mich konzentrierte, konnte dieses Bild
den Anblick der steifen, triumphierenden Brustwarze überdecken.

Trotz seines Deckengewölbes und der Möbel wirkte der Raum im Sonnenschein unordentlich und gewöhnlich. Die Pfarrerin saß hinter ihrem Schreibtisch, ihr Blick war freundlich, aber sie schien mich nicht wiederzuerkennen.

Ja?

Ich hoffe, ich störe nicht, sagte ich.

Sie waren gestern hier, sie schob ihre Brille ins Haar hinauf, Sie sind Arons Mutter. Entschuldigen Sie, es kommen so viele Menschen zu mir. Nicht heute, aber normalerweise. So viele Namen und Gesichter. Therese – guten Tag.

Ich schwieg und wusste nicht, wohin mit mir.

Wie kann ich Ihnen helfen?

Ich hatte mich darauf vorbereitet, Danny anzulügen und auf meinen Spaziergang zur Kirche. Ich hatte mir vorgestellt, wie ich das Büro der Pfarrerin fand, anklopfte und eintrat. Jetzt blieb mir nichts anderes mehr übrig, als zu fragen.

Ich wollte mich erkundigen, ob es möglich ist, einen Segen zu empfangen.

Ja, sagte die Pfarrerin, möchten Sie sich nicht setzen?

Ich setzte mich in einen gepolsterten Sessel, umklammerte die Armlehne und stemmte meine Sohlen fest in den Boden.

Es geht um jemand anderen, sagte ich.

Die Pfarrerin schob die Papiere zusammen, über denen sie gerade gesessen hatte, und legte sie an den Rand des Tischs. Es waren mit dem Computer geschriebene Seiten voller roter Streichungen, Pfeile und Kommentare am Rand.

Und wer braucht Ihrer Meinung nach eine Segnung?

Mein Sohn, antwortete ich.

Ihr Sohn.

Ja.

Und warum braucht Aron eine Segnung?

Hinter ihr auf der breiten Fensterbank stand ein Papyrus mit trockenen gelben Spitzen. Der Raum strahlte eine Art Verlassenheit aus, als hätte jemand nach langer Zeit erstmals wieder die Gardinen aufgezogen und die Heizung angestellt und sich in Ruhe hingesetzt.

Das ist schwer zu erklären.

Die Pfarrerin beugte sich über die Tischplatte.

Sie sollten es aber versuchen.

Ich schwieg.

Wo ist Aron jetzt, Therese?

Er steht draußen und schläft, ich deutete zur Tür, direkt davor.

Sie stand auf und verließ den Raum. Kurz darauf kehrte sie sichtlich beruhigt wieder zurück.

Ist er krank?

Ich schüttelte den Kopf.

Weiß Ihr Mann, dass Sie hier sind?

Danny hat mich hergefahren.

Wenn Sie von einem Segen sprechen, Therese –

Ich möchte, dass er vor dem Teufel beschützt wird.

Das Wort fühlte sich komisch im Mund an, wie eine Spielzeugpistole.

Können Sie mir etwas über den Teufel erzählen? Was will er?

Ich überlegte.

Hinein. In das Kind, meine ich, er möchte eindringen. Aron ist nicht getauft oder so. Es gibt nichts, was ihn beschützt.

Sie sind seine Mutter. Sie beschützen ihn.

Ich schüttelte den Kopf.

Es gibt jemanden, den ich so vermisse, dass ich fast verrückt werde. Er ist tot, fügte ich hinzu.

Die Pfarrerin betrachtete ihre Hände, ballte sie und streckte die langen Finger wieder aus, als wollte sie die Durchblutung anregen. Verstand sie, dass ein Kind in diesem Alter ungeschützte Eingänge hat, dass es Löcher gibt, die man stopfen muss?

Sie haben sicher schon von meiner Geschichte gehört, dass ich auf der Straße gelebt habe.

Nein, erwiderte ich erschrocken, das habe ich nicht gewusst.

Normalerweise ist es das Erste, was man über mich erzählt. Hinter meinem Rücken natürlich. Deshalb hatte ich angenommen, dass es Ihnen auch jemand gesagt hätte. Jetzt klinge ich, als wäre ich paranoid. Es ist lange her, vielleicht habe ich inzwischen endlich verdient, dass es ein bisschen in Vergessenheit gerät, sie lächelte, aber es stimmt, dass ich einige Jahre verloren war. Als meine Tochter in eine Pflegefamilie kam und wir aus der Wohnung geworfen wurden, bin ich so weit weggezogen, wie es nur ging. Ich war nicht erfinderischer als die meisten anderen.

Das tut mir leid, sagte ich und versuchte, mir die Pfarrerin so vorzustellen: verwahrlost, verzweifelt. Es war nicht sehr schwer. Vielleicht wollte sie mich nicht mit meiner Scham allein lassen, vielleicht waren Pfarrerinnen aber auch einfach so.

Was ich sagen will, ist, dass das Böse so viele Formen annehmen kann, und deshalb erkennt man es nicht immer, bevor es zu spät ist. Sie sollten sich keine Vorwürfe machen, Therese, lassen Sie das um alles in der Welt sein. Erzählen Sie mir stattdessen von dem Menschen, den Sie verloren haben.

Auf der anderen Seite des Fensters, draußen auf dem Platz, gingen die Leute vorbei, als wäre die Kirche ein Gebäude wie jedes andere. Sie setzten sich an die wackeligen Cafétische und nahmen nichts anderes wahr als das gute Wetter. Die Pfarrerin ließ mich reden, ohne mich zu unterbrechen, und erst als ich bei der Beerdigung angekommen war, fragte sie, ob ich es bereut hätte, nicht mitgefahren zu sein.

Irgendwie, sagte ich, hätte ich gerne gehört, wie Danny seine Rede hielt.

Am Abend vor der Beerdigung las er sie mir laut vor. Es war eine gute Rede, lustig und nicht zu sentimental, und zum ersten Mal seit Langem spürte ich eine Nähe zu etwas Wesentlichem in ihm, zu dem, in das ich mich verliebt hatte: das Aufrechte und Treue und dennoch ein wenig Schlichte in seinem Charakter. Aron war das Einzige, was ich gehabt hatte, das nicht zu Danny gehörte, und dann war er weg. In vielerlei Hinsicht war es so leichter. Meine Lust, etwas in Brand zu stecken, verschwand, und ich begann ernsthaft, mich darauf zu freuen, dass wir eine Familie wurden.

Während ich erzählt hatte, war die Pfarrerin zusammengesunken, jetzt richtete sie sich auf und beugte sich über den Tisch.

Sie haben ihn geliebt.

Sehr.

Lieben Sie Ihren Mann?

Ich nickte.

Auf eine andere Weise. Beides war gleichzeitig

175

da, und so ist es immer noch. Und dann natürlich der Kleine.

Sie waren sehr großzügig mit Ihrer Liebe. Früher hätte man Sie vielleicht promiskuitiv genannt. Das bedeutet eigentlich nur ›außerhalb der Ordnung‹, das Unordentliche, Gemischte. Das ist an sich kein Urteil, sondern eine Zustandsbeschreibung. Und das gilt für viele Dinge, es lohnt sich, darüber nachzudenken. Im Übrigen glaube ich, dass er wach ist?

Wir spitzten die Ohren, und tatsächlich. Weit weg, am anderen Ende des Kirchenschiffs, ertönte Arons dringliches klares Weinen. Ich stand auf und eilte hinaus, um ihn zu holen, aufgeregt beim Gedanken daran, was folgen würde.

Das Kirchenschiff roch nach Stein und Staub und etwas ganz eigenem Dritten. Die Pfarrerin trat aus ihrem Büro. Sie hatte ihr bodenlanges Gewand über die Alltagskleidung gezogen, und die Halskrause stand steif und weiß von ihrem Hals ab. Auf diese Weise war sie bescheiden und ernst, viel *echter*. In der linken Hand trug sie die Bibel und hielt sie mit einem Zeigefinger geöffnet.

Es wird nirgends vermerkt werden, sagte sie, als ich mit Aron im Arm an das Taufbecken trat, ich hoffe, damit sind Sie einverstanden.

Hauptsache, es wirkt.

Was auch immer das heißt, sagte sie.

Am Tag vor unserer Abreise hatten wir, wie es oft so der Fall ist, das schönste Wetter unseres gesamten Aufenthalts. Die Sonne schien seit dem frühen Morgen, und wären die orangebraunen Blätter und der kühle Schatten nicht gewesen, hätte man sich einen Spätsommertag vorstellen können.

Ich hatte Aron in den Wagen gelegt und war den Weg hinuntergegangen, um mich von den Kühen zu verabschieden. Er war sofort eingeschlafen, und weil ich vor allem ihm eine Freude damit hatte machen wollen, drehte ich schon am Bauernhof wieder um und ging zum Haus zurück, um beim Packen zu helfen.

Als ich gerade in den Kiesweg eingebogen war, der hinter dem Nachbarhaus entlangführte, sah ich über die niedrige Hecke hinweg Timothy. Er stand am Ende des Gartens. Der Wind hob seinen dunklen Pferdeschwanz und fächerte ihn über seinem Rücken auf, er weinte, dass er bebte. Danny betrachtete ihn von einem Gartenstuhl auf der Terrasse. Sein Körper war in einer gequälten Entschlossenheit gefangen, als würde er sich dazu zwingen, das volle Ausmaß eines schweren Unfalls mit anzusehen. Ich blieb stehen, sie hatten mich nicht bemerkt. Timothy verbarg sein Gesicht in den Händen, er wurde ein letztes Mal von einem Schluchzen geschüttelt, dann machte er eine resignierte Armbewegung und verschwand wortlos an Danny vorbei ins Haus.

Der Kleine schlief ungestört weiter. Der Schnuller war aus seinem runden Mund gefallen, jetzt lag er von Spucke glänzend auf seiner Decke. Seit der Segnung floss das, was mir so lange verklumpt und stockend vorgekommen war, frei und ohne Misstöne zwischen uns. Eine von Begehren befreite Verliebtheit. Ich betrachtete meinen Sohn und wurde umgehend von einer Ruhe erfüllt, die alles andere ausschloss. Timothy und Danny hatten sich in den vergangenen Wochen wie Schatten am Rande meines Bewusstseins bewegt, ich beachtete sie nicht. Wenn sie morgens losfuhren, hatte ich bereits vergessen, dass es sie gab. Ich freute mich sogar darauf, wenn das Auto hinter den Hügeln verschwand und Aron und ich in der Stille zurückblieben, dem Haus und dem Garten und uns selbst überlassen. Ich wäre nie auf die Idee gekommen, dass die beiden in den Stunden, die sie gemeinsam verbrachten, irgendetwas Außergewöhnliches taten. Trotzdem ergab es einen Sinn. So wie man manchmal, noch während man *wie bitte* fragt, in seinem inneren Ohr bereits deutlich hört, was der andere gerade gesagt hat, verstand ich in dem Moment, dass Timothy sich verliebt und Danny es zugelassen hatte.

Danny, der sich nicht bewegt hatte, schreckte

beim Geräusch einer zufallenden Tür zusammen. Ich stand da und sah, wie er aufstand und mit steifen Schritten ins Haus ging. Statt den Kinderwagen unter das Vordach zu stellen, wie ich es geplant hatte, machte ich kehrt und ging wieder zurück in Richtung Meer. An einem Holunder, der mir schon früher aufgefallen war, weil sein Stamm aussah, als wäre er wie ein Lappen von zwei starken Händen ausgewrungen worden, schob ich den Wagen an den Wegrand und setzte mich in das gelbe Gras, um zu warten. Das Einzige, was ich ihnen geben konnte, war ein bisschen Zeit.

Wenn ich jetzt darüber nachdenke, glaube ich, es lässt sich am besten so erklären: Für eine kurze Zeit im Oktober waren wir alle vier glücklich. Ich habe keine Ahnung, ob es so hätte weitergehen können.

Flügel des Lebens

Als meine Mutter mir die Briefe gab, wurde ich wütend, ließ es mir aber nicht anmerken. Es war, als hätte Anso mit ihrer Entscheidung ein empfindsames Gleichgewicht zwischen unseren Familien gestört – die Sorgen der einen flossen in die der anderen hinein und umgekehrt. Diese Korrespondenz ging mich doch überhaupt nichts an. Ja, ich war wirklich wütend und fragte als Erstes, warum sie die Briefe nicht selbst lesen konnte.

Du kennst mich, sagte Solveig, es würde eine Ewigkeit dauern, und ich verstehe nicht mal die Hälfte.

Sie übertrieb nicht. Mein Vater behauptete, er hätte noch nie jemanden unterrichtet, der so wenig Sprachgefühl besaß wie meine Mutter. Wenn ich dir schon kein Englisch beibringen kann, kannst du mir vielleicht beibringen, mich mit dem Roggenbrot anzufreunden, soll er der Legende nach gesagt haben.

Warum liest Gedske sie nicht selbst?

Franciska –

Solveig hielt sich die Nase zu und glich den Druck aus. Das macht sie, seit ich klein bin, wenn sie überlegt oder bevor sie etwas vorliest.

Ich bitte dich so selten um etwas.

Sie sah mich an, und ich merkte, dass sie recht hatte. Was das betraf, war ich meinem Vater ähnlicher, als ich es wahrhaben wollte.

Weder Allan noch die Jungs wissen etwas von den Briefen, so wünscht es sich Gedske. Sie sollen einfach nur gelesen werden.

Hinter ihr im Fenster hingen bemalte Eier mit Nähfaden an Reißzwecken. Eines davon drehte sich ruhig um die eigene Achse, von einem unmerklichen Wind bewegt.

Ich verstehe es nicht, aber ich werde es schon machen.

Es ist aber so, wie ich es sage, erwiderte Solveig, ach, und *danke*.

Der Umschlag lag zwischen uns auf dem Tisch. Er hatte sich schon halb aufgelöst, die Lasche stand offen, und die Ecken waren zerfleddert. Ich konnte den ausgedruckten Stapel von Mails hindurchsehen, die ein halbes Jahr lang hin- und hergeflogen waren zwischen meiner Kindheitsfreundin und dem australischen Familienvater, mit dem sie eine Affäre angefangen hatte.

Ob sie an jenem Vormittag im Dezember überhaupt verstanden hatte, dass sie daran sterben würde? Ich bin mir nicht sicher. Wenn ich ganz ehrlich bin, glaube ich, sie dachte, man könnte beides. Sich umbringen und weiterleben, in einer anderen, interessanteren Version wieder auferstehen und frei sein.

Zum letzten Mal sah ich sie am Geburtstag meines Vaters. Wir hatten den Tisch mit zwei Platten erweitert und den Gartentisch mit Büchern erhöht. An jenem Abend feierten wir doppelt. Abgesehen davon, dass meine Großmutter vor sechsundfünfzig Jahren im Haus der Familie in Leeds ihren dritten Sohn geboren hatte, war er auch für geheilt erklärt worden. Das Ergebnis der Tomografie sei einwandfrei, sagten die Ärzte. Er würde nicht daran sterben.

Solveig und ich waren fast den ganzen Tag in der Küche beschäftigt gewesen. Gedske hatte angeboten, das Dessert zu übernehmen. Sie kam ein paar Stunden vor den anderen Gästen und hatte ihre Festkleidung in einer Tüte dabei. Sie fing sofort an, den Salat zu waschen und die Temperatur des Fleischs zu messen, und anschließend halfen wir einander dabei, den Tisch zu decken und die Servietten zu falten. Als es nichts mehr vorzubereiten gab, ohne dass es übertrieben gewirkt hätte, zogen wir uns um und nahmen Gläser und eine Flasche Wein mit in den Garten.

Gedske hob den Fuß meiner Mutter auf ihren Schoß und fing an, ihre Fesseln zu massieren. Dann packte sie den Fuß mit beiden Händen und bewegte ihn in sanften Kreisen, erst in die eine Richtung, dann in die andere. Solveig schloss die Augen hinter ihrer Sonnenbrille.

Die Stille vor dem Sturm, sagte Gedske.

Man bereut es immer ein kleines bisschen, kurz bevor sie kommen, oder? Solveig seufzte und zog ihren Fuß vorsichtig wieder zu sich.

Als die ersten Gäste vom Gartenweg aus nach uns riefen, verstand ich, dass ich mehr aus mir hätte machen sollen, aber jetzt war es zu spät. Mein Vater tauchte als einer der Letzten auf, und für einen Moment fürchtete ich, er hätte vergessen, dass wir das Haus seinetwegen mit Menschen füllten. Dann klatschte er in die Hände und bat die Leute, sich einen Drink von dem Tablett in der Küche zu nehmen. Meine Mutter musste sich beeilen, die letzten Dinge vorzubereiten. Gedske und Anso folgten ihr in die Küche, aber ich konnte den Blick nicht von meinem Vater abwenden. Er stand in der Tür und hieß die Gäste willkommen. Ein Teil von ihm blieb immer zurückhaltend, verborgen. Gleichzeitig wirkte er jedem Einzelnen gegenüber zugewandt und aufmerksam. Wie machte er das?

Am Tisch saßen Anso und ich nah beieinander, aber nicht direkt nebeneinander. Sie saß zwischen meinem Cousin und meinem Onkel. Während der Vorspeise schafften die beiden es gemeinsam, Ansos Glas dreimal hintereinander wieder aufzufüllen, aber ich guckte nicht nur deshalb. Irgendetwas war seit dem letzten Sommer mit ihr passiert. Ihre Wangen wirkten nicht mehr rundlich, die Arme, die aus ihrem ärmellosen Kleid hervorschauten, waren schlank und hatten eine gleichmäßige Farbe, die nicht zur Jahreszeit passte. Und hatte sie ihre Haare geglättet?

Hast du das gehört, Frans?, fragte mein Onkel.

Sie sahen mich beide erwartungsvoll an. Ansos Mund hinter dem Glas stand offen.

Ob ich was gehört habe?

Annesofie hat gerade erzählt, dass sie nach dem Gymnasium nach Australien gehen wird.

Das wusste ich nicht, sagte ich.

Sie zuckte mit den Schultern.

Hat sich gerade erst ergeben. Ich werde bei einer Familie mit zwei Töchtern wohnen.

Als Au-pair?

Anso sah mich verständnislos an.

Wohnst du einfach nur so da, oder wirst du

im Haushalt helfen und Kindermädchen sein und alles?

Ja –

Mein Onkel hob das Glas und sagte, so oder so würde es sicher eine großartige Erfahrung werden. Die Australier seien ein sehr aufgeschlossenes und unkompliziertes Völkchen.

Kommst du mit eine rauchen?, fragte sie zwischen Vorspeise und Hauptgericht. Sie hatte ihre Lachsrolle nicht angerührt.

Es ist sternenklar, sagte sie, mach mal das Licht im Flur aus.

In der Dunkelheit war es leichter, zusammen zu schweigen. Im Gewächshaus waren die ersten Tomaten des Jahres zu erahnen, ihr Kleid leuchtete, wo es unter der Jacke hervorschaute.

Ist das Orion?, fragte ich, und es gelang uns gemeinsam, die bekanntesten Sternbilder zu erkennen. Ich hatte fertig geraucht und sehnte mich danach, wieder zu den anderen hineinzugehen. Irgendetwas an ihr, an dieser neuen Version von ihr, machte mir meine eigene Unveränderlichkeit peinlich bewusst.

Ich kannte das Wort eigentlich, sagte sie, Aupair. Aber da drüben nennen sie es *Nanny*. Geht es dir in Kopenhagen gut?

Ja, sagte ich, komm mich doch mal besuchen.

Sie versuchte ihr Lächeln zu unterdrücken, und plötzlich tat sie mir leid, trotz der schlanken Arme und trotz Australien.

Wann wirst du denn abreisen? Vielleicht schaffst du es ja vorher?

Klar, sagte sie, ich fahre erst im August.

Ein paar Stunden darauf fand ich sie in dem Badezimmer, das nicht für Gäste gedacht war. Man muss ins Obergeschoss und durch das Schlafzimmer meiner Eltern gehen, um es zu erreichen, und ich wollte dorthin, um meine Ruhe zu haben. Allmählich leerte es sich unten, und Gedske war mit den Jungs nach Hause geradelt. Ich hörte, dass mein Onkel und meine Tante gerade überschwänglich Abschied nahmen. Die Genesung meines Vaters, die zu Beginn noch den unaussprechlichen Dreh- und Angelpunkt des Festes dargestellt hatte, war allmählich in ein frisch eingeweihtes Denkmal verwandelt worden, das nun alle pflichtschuldig kommentieren mussten. Die Tür zum Badezimmer stand offen, und sie lag wie eine Meerjungfrau hingestreckt über der Kloschüssel. Ihr Kleid und die nackten Fußsohlen hatten Grasflecken. Ich blieb stehen und sah, wie sich ihr Rücken aufbäumte, ohne dass noch etwas herauskam. Sie spuckte und putzte sich kräftig die Nase.

Ist alles in Ordnung?, fragte ich.

Sie richtete sich auf, drehte sich jedoch nicht um.

Geh, sagte sie mit einer wütenden Handbewegung, *geh*.

Ich schloss die Tür und ging wieder zurück in den Flur, wo Allan mit ihrer Jacke über dem Arm stand.

Sie kommt gleich, sagte ich, ohne ihn anzusehen.

Er öffnete den Mund, als wollte er etwas sagen, aber ich wollte nicht wissen, was es war.

Keine von uns kam auf das Gespräch im Garten meiner Eltern zurück. Als ich wieder in Kopenhagen war, erschien mir die Vorstellung unerträglich, Anso in meiner Wohnung zu haben, ihr die Gegend zu zeigen und das Bett mit ihr zu teilen. Vielleicht hatte sie meine Unehrlichkeit gespürt, denn sie meldete sich nie. Selbst nachdem sie abgereist war und Bilder von ihr vor einem Hintergrund aus Palmen und strahlend blauem Wasser auftauchten, verband ich sie nie mit etwas anderem als dem, wo ich herkam. Für mich war sie ein Teil der Landschaft zu Hause. Wie der tonnenförmige Nachbarshund und die unbemannte Radiostation und die Brennholzstapel.

Bei ihrem Leichenschmaus wurden viele Reden gehalten. Einige klangen, als hätten sie Anso nie getroffen, und das machte mich wütend. Ich konnte

Gedske ansehen, dass es ihr genauso ging. Ich hielt keine Rede, so eng war unser Verhältnis nicht gewesen. Es hätte die Leute zu sehr überrascht, und bei einer Beerdigung sollte es keine Überraschungen geben. Aber ich muss zugeben, dass ich das Gefühl hatte, ich hätte sie besser gekannt als einige ihrer sogenannten engsten Freundinnen, die ständig gemeinsam in gedämpftes Weinen ausbrachen. Das Mädchen, von dem sie erzählten, klang gewöhnlich und unbekümmert, was den Selbstmord noch grotesker wirken ließ. Wozu sollte das gut sein?

Eigentlich hatte ich die ganzen Osterfeiertage bleiben wollen, aber ich konnte es nicht. Ich hatte das Gefühl, neben mir zu stehen. Die Konturen meines Körpers zerflossen und verschmolzen mit der Wärme des Kamins und dem Kondenswasser an den Scheiben. Oder vielmehr mit allem: den Karottenfeldern, den Haarspangen meiner Mutter und dem eingemachten Obst im Keller; alles versuchte, in mich zu gelangen und mich aufzuwühlen. Ich log und sagte, meine Arbeit hätte angerufen, zwei Leute hätten sich krankgemeldet und ich sei die Einzige, die den Dienst übernehmen könne. Mein Vater bot an, mich zu fahren, aber ich schlug es aus. Solveig tat, als wäre nichts, und machte mir ein Proviantpaket. Sie schnitt Roggenbrot in Scheiben, schmierte Hummus darauf und belegte es mit Parmaschinken, während sie etwas summte, das wie ein Kirchenlied klang. Gedske und sie waren morgens zusammen in der Kirche gewesen. Das machten sie neuerdings. An den ersten Sonntagen hatte sie eine ironische Distanz gewahrt – sie gehe nur ihrer Freundin zuliebe mit, sie seien Anfängerinnen, genauso unbeholfen wie jemand, der mitten in der Saison im Tanzkurs auftaucht. Aber an diesem Morgen fiel mir auf, dass sie sich freute. Sie zog ihr grünes Kostüm an und radelte rechtzeitig los, und ihr Haar unter der Mütze war geflochten. Mein Vater und ich hörten Radio und räumten nach dem Frühstück auf.

An der Bushaltestelle warf ich die Brote weg. Das Risiko, dass sie am Mülleimer vorbeikäme und nachsähe, ob ein Gefrierbeutel mit blauem Verschluss darin lag, war gering, aber durchaus vorhanden. Ich betete, dass ihr Misstrauen nicht ganz so zielgerichtet war. Die Strecke des Schienenbusses, die Reihenfolge der Haltestellen und die Stimmung an jeder einzelnen spürte ich noch mit der peinlichen Genauigkeit des Teenagerkörpers. In die Stadt und wieder nach Hause. Hundert Mal, allein und in Gesellschaft von Freunden, betrunken und mit Kater, mit dem Kopf an Simons Schulter. Ich ging das kurze Stück hinüber zum

Brugsen und kaufte mir etwas zum Mittagessen. Die Bäume an der Straße hatten braune Knospen, in meinem Rucksack lagen die Klamotten, die ich diesmal nicht brauchen würde.

Egal, sagte ich laut zu einer Krähe.

Ich aß den Nudelsalat zwischen Vig und Grevinge. Der Ort Fårevejle stach heraus, weil das Bahnhofsgebäude nicht verrammelt und moosbewachsen war, sondern lebendig. Es war von einer Familie gekauft worden, die Potenzial darin sah. Jetzt hatte es eine Schaukel im Garten und neue Fenster. Auf einer Bank vor dem Zaun, der den Garten vom Bahnsteig trennte, saß eine Frau und rauchte, die Augen zusammengekniffen und das Gesicht zum Himmel gerichtet, mit jener Dankbarkeit, die man der Sonne im beginnenden Frühjahr erweisen sollte. Sie wollte nicht in den Zug einsteigen. Der Mann, der mir gegenübersaß, stand auf, er war mir bisher nicht aufgefallen.

Schönen Tag noch, sagte er und ging in den Mittelgang hinaus. Vom Fenster aus konnte ich sehen, wie er sich draußen streckte. Der unterste Teil eines sommersprossigen Rückens kam zum Vorschein und eine Tätowierung im Lendenbereich, dann setzte sich der Zug wieder in Bewegung, und ich sah nichts als eine Lärmschutzwand und die Pappeln, die daran entlangwuchsen. Für einen langen Augenblick kam es mir vor, als handele es sich um eine Doppelbelichtung, eine andere Erinnerung.

Ich las den Briefwechsel nicht sofort. Wie soll ich das erklären? Ich hatte keine Lust. Genau wie Gedske konnte ich spüren, dass Anso in diesen Mails war und dass sie mir entgegenschlagen würde wie die Hitze eines Kamins, sobald ich mit dem Lesen anfinge. Ich hatte genug eigene Probleme. Eigene Probleme in Form der beiden Männer, die im Grunde noch Jungen waren. Elias war mein Mitbewohner, Yann sein bester Freund. Sie waren beide Austauschstudenten und kamen aus Österreich, genau wie Hitler. Ich war in keinen von ihnen verliebt und hatte Schwierigkeiten, meine eigene Lust von ihrer zu trennen und die des einen von der des anderen. Den ganzen Winter über glitten wir wechselweise in unsere Betten und Arme, und zum ersten Mal in meinem Leben waren die Dinge ein bisschen so, wie man sie sich vorstellt, wenn man sie sich vorstellt.

Yann wohnte in einer WG in der Viktoriagade, und eine Zeit lang waren Elias und ich wie ein Anhängsel dieser Gemeinschaft. Wir aßen zwei- oder dreimal in der Woche bei ihnen zu Abend. Es waren lange Abende, an denen jeder etwas mitbrachte und es Wein aus großen Pappkartons gab. Die WG verfügte über einen Raum unter dem Dach, wo sie abgewiesenen Asylbewerbern Unterschlupf bot. Zu den Essen brachten Elias und ich immer zusammen ein Gericht mit, für das meistens ich zuständig war. Während wir aßen, hörten wir den Bewohnern des Dachzimmers zu, die von ihren Leben erzählten. Wir diskutierten die politische Situation in ihrer Heimat. Wir gaben uns Mühe, uns ihre Schicksale in all ihrer Grausamkeit und Gewöhnlichkeit vorzustellen, sie zu drehen und zu wenden.

An dem Abend, als unsere Beziehung allmählich in eine Schieflage geriet, wohnte ein junger Mann aus Guinea-Bissau im Dachzimmer. Er stellte sich als David vor, aber die anderen nannten ihn aus irgendeinem Grund Osmin oder einfach nur Os. Ich hatte einen Tomatensalat gemacht, der nicht gut ankam. Davids Nägel waren flach und gerillt, er war aus Deutschland gekommen und davor aus Italien und genau wie ich einundzwanzig Jahre alt.

Ich warte und schlafe, sagte er, warte und schlafe und fülle Formulare aus.

Versuchst du es noch einmal?, fragte Yann.

Vier Versuche, antwortete David, das war's. Mehr habe ich nicht.

Und jetzt?, fragte ich.

Tja, antwortete er lachend, und jetzt?

Irgendwo hinter seinem Lachen konnte ich die Furcht ahnen, tief und schwappend. Er hatte zu Hause eine Freundin. Als sie zwei Jahre zuvor schwanger geworden war, mussten sie bei der

Familie eines Onkels einziehen, der in einem Dorf nördlich der Grenze zum Senegal wohnte. Kurz darauf hatte David seine Reise Richtung Europa angetreten.

Wenn man nur zu zweit ist, kann man auch mal hungrig sein, erklärte er, aber nicht mit einem Kind. Das Kind braucht Milch, daran lässt sich nichts ändern.

Sie hat den Jungen einen Monat zu früh bekommen, aber ihm geht es gut, *dieu merci*.

David holte sein Handy hervor und zeigte mir ein Foto seines Sohnes: ein lächelnder Einjähriger, dem er noch nie begegnet war.

Ich erklärte mich bereit, den Abwasch zu übernehmen. Aus dem Wohnzimmer konnte ich Elias mit der lauten, klaren Stimme sprechen hören, die er bekam, wenn er trank: Jede Ungerechtigkeit wollte er verurteilen, die Massengräber aufdecken und mit den Knochen rasseln. Ich schloss die Tür zum Flur, schob das Fenster zum Hof auf und senkte meine Hände in das warme Spülwasser.

Hallo, sagte Yann, schlüpfte herein und schloss leise die Tür hinter sich, brauchst du Hilfe?

Er trocknete ab, und wir waren schnell fertig. Ich weichte die Bratpfanne ein, an deren Boden das Wurzelgemüse zu schwarzem Karamell festgebrannt war. Er küsste mich, und ohne darüber nachzudenken, trocknete ich meine Hände an seinem Pullover ab.

Hey, sagte er und zog mich an sich, ich will dich spüren.

Bisher hatten wir es nur bei mir getan und nur, wenn Elias nicht zu Hause war. Wo?, fragte ich und dachte an das Wohnzimmer, das voller Menschen war, und seine Zimmertür, unter der ein großer Spalt zum Boden klaffte.

Yann öffnete die Tür zur Hintertreppe und ging ein paar Schritte hinauf. Jetzt sah ich nur noch die langen, krummen Jeansbeine.

Wir leihen es uns bloß, sagte er.

Es roch nach Taubendreck und Pappe und nach der Zeit an sich. Sie hatten selten viel dabei, wenn sie einzogen. Die Leute aus der WG hatten versucht, für ein bisschen Gemütlichkeit zu sorgen. Es gab eine Leselampe, das Verlängerungskabel verlief entlang der anderen Dachbodenkammern bis zur Treppe. Jemand hatte ein Plakat an die anderthalb Meter hohe Wand gehängt, die Tür bestand aus zusammengezimmerten Brettern und ließ sich nicht abschließen. Das Einzige, was ihm gehörte, gehörte ihm gleichzeitig gar nicht. Auf dem Boden neben dem Kopfkissen lag ein Gefrierbeutel mit einer Zahnbürste und Rasierschaum. Wir legten uns auf die schmale Matratze, auf die Decke, und küssten uns. Das Fenster war undicht, und die Luft, die hereindrang, fühlte sich an meiner Hüfte kühl an. Ich dachte an die Freundin in Bissau, ob sie sich nach ihm sehnte, wenn sie abends mit dem Sohn zur Ruhe kam, wenn sie ihn stillte, bis er einschlief, ich dachte an die Geräusche am Morgen und die Fragen der Familie: Hast du etwas von ihm gehört? Hat er eine Arbeit gefunden?

Warum spuckst du es eigentlich aus, fragte Yann anschließend, Elias hat mir erzählt, seins würdest du schlucken?

Ich musste mich anstrengen, um nicht zu lachen.

Stimmt das, Frans?

Hat das irgendeine Bedeutung? Ja.

Das ist diskriminierend, sagte er und kniff mich in die Taille. Ich konnte hören, dass er tatsächlich verletzt war, und bat ihn, es zu vergessen.

Nach dieser Episode war die Leichtigkeit, die unser Zusammensein gekennzeichnet hatte, verschwunden. Elias legte sich nicht mehr zu mir, wenn er aus der Stadt nach Hause kam. Ich hörte die Tür, doch seine Schritte liefen an meinem Zimmer vorbei. Yann lud sich nicht mehr selbst zum Tee ein und antwortete nur knapp und mit immer größerer Verspätung auf meine Nachrichten. Nur die Abendessen in der WG fanden wie gehabt statt, doch die Stimmung war gedämpft, und als wir eines

Abends früher nach Hause kamen als gewöhnlich, bat ich Elias darum auszuziehen. Ich betonte, dass ich nicht wütend auf ihn sei, höchstens eine Art Materialermüdung spüren würde. Wir hatten uns mit einem Bier auf den Balkon gesetzt. Ich merkte, dass er erleichtert war.

Wir können uns immer noch sehen, sagte er, und ließ es wie eine Frage klingen. Unten im Schulhof waren die Hausmeister gerade dabei, ein längliches Gartenzelt zu errichten.

Was die wohl feiern?, fragte ich.

Fasching, antwortete Elias, woher soll ich das bitte wissen?

Du hattest immerhin eine Idee.

Sein Bier war leer, aber ich war noch nicht bereit, Gute Nacht zu sagen. Der Gedanke an mein Bett machte mich unruhig und hellwach.

Habe ich dir von Anso erzählt?, fragte ich.

Du hast es mir erzählt, als ich aus den Winterferien zurückkam. Ihr hattet Weihnachten mit ihren Brüdern gefeiert.

Der ältere Bruder hat ins Bett geschissen. Habe ich das auch erzählt?

Nein.

Wir mussten uns das Zimmer teilen, aber ich habe so getan, als wäre nichts. Ich wollte ihn nicht demütigen.

Und was hast du gemacht?

Nichts. Ich habe mich in dem Gestank schlafen gelegt. Am nächsten Morgen hat er sich selbst darum gekümmert, oder meine Mutter hat ihm geholfen. Wahrscheinlich eher sie. Vielleicht hat sie das Bettlaken einfach weggeworfen.

Elias schüttelte betrübt den Kopf, dieses dunkle Haar und die Nase, so viel hübscher, als ich es je war oder sein würde.

Der arme Junge.

Ja, sagte ich.

Ich wünschte mir so, dass mir das Weinen leichter fiele. Unten im Hof waren sie endlich fertig geworden. Das Zelt glich einem mächtigen Schiff, das man zwischen dem Schulgebäude auf der einen Seite und den Bäumen und der Hecke auf der anderen eingekeilt hatte.

Ich half ihm dabei, seine Sachen zu packen. Sie passten in drei schwarze Plastiksäcke. David war ausgezogen und die WG damit einverstanden, dass Elias auf dem Dachboden wohnte, bis er etwas anderes gefunden hatte. Bei Tageslicht erschien mir der Raum geradezu grotesk, die Säcke füllten alles aus. Als Kind hatte ich ab und zu das starke Gefühl, meine Handflächen wären mit Salami und Remoulade beschmiert. Ich musste in die Küche laufen und sie mit einem Buttermesser sauber kratzen.

Dasselbe Gefühl von Notwendigkeit, der Wunsch, ein zartes Gleichgewicht zu erhalten, brachte mich jetzt dazu, meine Zunge in sein fettiges Ohr zu stecken. Er drückte meine Brüste durch den Pullover, und keiner von uns kam.

Wir zogen uns an und kochten Kaffee in der müffelnden WG-Küche. Ich saß mit dem Bewusstsein am Klapptisch, nie wieder zurückkehren zu können. Es war bedrückend und wehmütig, ein Abschied von mehr als nur von ihm. Jemand hatte Ackerbohnen in einer orangefarbenen Rührschüssel eingeweicht. Ich bat Elias mehrmals darum, die anderen zu grüßen. Schon da war ich mir der Leere bewusst, die Yann und er in meinem Leben hinterlassen würden – ich war darauf vorbereitet, ohne zu wissen, wodurch ich sie ersetzen konnte.

Es folgte eine Zeit, die ich am ehesten als schwindelig beschreiben kann. Mein Gefühl von Einsamkeit erinnerte an den verdrängten Schmerz in einem kariösen Backenzahn, ehe die Entzündung auf den Nerv übergeht. Konstant, aber nicht durchdringend, und ich tat mein Bestes, ihn zu betäuben. Jeden Morgen radelte ich zur Universität, stellte mein Fahrrad in den Ständer und setzte mich an einen Tisch im Lesesaal. Ich holte meine Kompendien hervor und las Artikel für Artikel, unterstrich ganze Seiten. Alles erschien mir gleich wichtig oder, umgekehrt, vollkommen sinnentleert. Zu meiner eigenen Überraschung vermisste ich meine Dozenten und malte mir mit der Zeit aus, wie es wäre, sie zu Hause zu besuchen. Einfach an die Tür zu klopfen und mich erkennen zu geben, ihre Partner und Kinder kennenzulernen und den Geruch ihrer Flure einzuatmen. Ich ging sogar so weit, einige Adressen zu recherchieren. Es beruhigte mich, ihre Körper zumindest mit einem abgegrenzten Bereich der Stadt in Verbindung zu bringen. Um mich herum saßen Leute mucksmäuschenstill da, bis sie unvermutet aufstanden und für eine Weile wegblieben, die weder kurz noch lang war. Ich spürte etwas, das an Hunger erinnerte, hatte jedoch keinen Appetit. Im Laufe des Tages beschränkte ich mich auf Kaffee. Bevor ich mich schlafen legte, trank ich, in einem Versuch, meine Kälteschauer zu bekämpfen, Tasse für Tasse von dem Kräutertee, den Elias im Küchenschrank gelassen hatte. Die Tees trugen Namen wie *Flügel des Lebens, Feuer & Flamme* und *Goldene Mitte,* und wenn ich nachts aufstand und pinkeln ging, war der Strahl kräftig und klar. Wenn ich nicht wieder einschlafen konnte, und das konnte ich meistens nicht, mixte ich mir einen Gin & Tonic und trank ihn, in die Bettdecke gehüllt, an der Balkontür. Von dort aus konnte ich ein Stück Himmel beobachten, den Mond, die Wolken usw. Wie ich dort saß, fühlte ich mich tausend Jahre alt und gleichzeitig wie eine Vierjährige. Die Hand, die das Glas hielt, zitterte.

Natürlich konnte es so nicht weitergehen. Eines Nachmittags wurde ich neben den Fahrradständern vor dem Lesesaal ohnmächtig. Eben noch über das Schloss gebeugt stehend, lag ich im nächsten Moment mit dem Gesicht auf der Erde neben dem Vorderrad und meinem Rucksack als schlecht platziertes Kissen im unteren Rücken. Ich willigte ein, die Banane zu essen, die mir ein Mädchen aus meinem Studiengang anbot (ich erkannte sie nur an der rosafarbenen Narbe über dem Nasenrücken und war mir sicher, ihren Namen zum ersten Mal zu hören). Als ich fertig war, nahm sie mir vorsichtig die Schale aus der Hand und warf sie in einen Fliederstrauch. Sie war es auch, die darauf bestand, ein Taxi zu rufen, und dem Fahrer half, mein Rad auf den Gepäckträger zu heben. Während der Fahrt nach Hause auf der glatten Rückbank wurde mir klar, dass es ein Fehler gewesen war, Elias um seinen Auszug zu bitten. Er und Yann waren nicht das Problem, sie waren es nie gewesen. Ich fühlte mich dämlich; wie Donald Duck, der beim Versuch, vor einem wütenden Tiger zu flüchten, nichts ahnend rücklings in den gerillten Schlund eines Nilpferds stolpert.

An jenem Abend rief ich Elias an und bat ihn, Yann mitzubringen. Ich bezeichnete es für mich als Wiedervereinigung, drückte es am Telefon jedoch anders aus. Ich ging ins Bad, rasierte meine Beine und die Bikinizone und bearbeitete mit einem Bimsstein meine Hacken, deren Zustand ich lange ignoriert hatte. Ich kämmte mein Haar und knöpfte die weite blaue Bluse zu, die ich schon seit so vielen Jahren hatte, dass sie mir wie etwas viel Intimeres vorkam als ein bloßes Kleidungsstück. Mach keinen großen Aufriss, sagte ich mir, sei lieber zielstrebig.

Beide schmeckten nach Bier, und die Sonne hatte auf ihrer Haut an den Wangen und auf der Stirn Rot- und Kupfertöne zum Vorschein gebracht. Yann verschwand in der Küche, um einen Flaschenöffner zu suchen. Elias schob mich vorsichtig an der Wand im Flur hoch.

Meinst du es ernst?, fragte er und hielt mein Gesicht zwischen seinen feuchten Handflächen.

Elias, sagte ich, sei nicht dumm.

Wir folgten Yann in das Zimmer, das den Winter über Elias gehört hatte. Jetzt stand nur noch das hässliche Ledersofa darin, das ich in den Kleinanzeigen gefunden und einer Frau abgekauft hatte, die so angenehm war, dass ich mich am liebsten in einer Ecke ihrer Wohnung zusammengerollt hätte und eingeschlafen wäre. Sie hatte mich wehmütig angesehen, als ich sagte, ich hätte niemanden, der mir helfen würde, es zu dem wartenden Wagen zu tragen, und dann hatten wir es schweigend gemeinsam getan. Das Sofa stand fast eine Woche lang im Fahrradschuppen im Hof, ehe ich mir ein Herz fasste und beim Nachbarn über mir klingelte. Der Familienvater war allein mit seiner schlafenden Tochter zu Hause, schaltete dann aber das Babyfon ein und folgte mir nach unten. Wir fingen damit an, die Kissen herauszunehmen und an der Wand zu stapeln. Die kannst du nachher selbst hochtragen, sagte er. Und dann: Hast du's?

Yann reichte mir ein Glas von dem Weißwein, den sie mitgebracht hatten. Ich krümmte und wand mich innerlich beim Gedanken daran, wie sie gemeinsam vor dem Flaschenregal gestanden und versucht hatten, sich zu einigen.

Geht es dir gut, fragte Yann, du hast abgenommen.

Elias nickte.

Ist das denn schlecht?, fragte ich.

Du siehst älter aus, sagte Yann.

Mir geht es gut.

Wir tranken, Elias bedachte Yann mit einem resignierten Lächeln.

Was ist denn, fragte ich, ihr seid so still.

Wir wissen nicht, ob wir können, wenn der andere dabei ist, sagte Yann, wir haben darüber diskutiert.

Elias schüttelte den Kopf, Yann lachte.

Es stimmt aber.

Wir können uns doch auch einfach abwechseln, sagte ich, verärgert darüber, ihre altmodische Unsicherheit auf meinen Schultern zu spüren.

Können wir nicht hier sitzen bleiben, Frans, fragte Elias und legte den Arm um mich, und erst mal austrinken? Können wir es ruhig angehen?

Ich nickte und gab seiner Umarmung nach wie eine begriffsstutzige Schwester.

Als die Flasche leer war, bekamen die Jungs Hunger. Elias bot an, Pizza holen zu gehen, Yann und ich blieben an den entgegengesetzten Enden des Sofas liegen, das immer noch schwach nach der Zweizimmerwohnung der Frau aus dem Landsdommervej roch. Ich steckte meine Hand in die Ritze zwischen die kühlen Kissen.

Wie geht es David?, fragte ich.

Osmin? Hast du das noch nicht gehört?, fragte Yann. Sie werden heiraten.

Wer?

Er und Esther. Mit einem großen Fest und allem. Sie feiern im Sommerhaus von Esthers Familie in Schweden.

Was ist denn mit ihr?

Yann sah mich verwirrt an.

Ihr?

Na, seiner Freundin.

Das ist nur eine Scheinehe, Frans. Esther macht es, um ihm zu helfen, einen anderen Ausweg gibt es nicht wirklich. Es ist die beste Lösung.

Ich hätte ihn am liebsten getreten und ihn gebeten, sich zu verpissen mit seiner Scheinehe und dem ganzen Scheiß. Und Esther genauso, die ganze Bande mit ihren Demos und Workshops und ihrem selbstbefriedigenden Mitgefühl.

Wohnt Eli immer noch auf dem Dachboden?, fragte ich.

Ja, sagte Yann und packte meine Wade und kniff hinein, ich glaube, er hat Gefallen daran gefunden.

Vielleicht zieht er nie wieder aus. Dann haben wir eine Art Hausgeist.

Bald wäre Elias mit der Pizza wieder da, und wir würden völlig geplättet vom Käse und mit Spinat zwischen den Zähnen herumliegen. Sie würden sich verabschieden, hab noch 'nen schönen Abend, Frans, würden die Tür hinter sich schließen und mich hier zurücklassen. Ich zog meine Hose und den Slip aus und setzte mich rittlings auf ihn, rieb meine Möse an seinem knochigen Oberschenkel, bis ich Lust bekam.

Yann zog den Kopf zurück, als er die Haustür hörte, aber ich öffnete seine schmalen Lippen mit meiner Zunge. Ich hörte, wie Elias die Schuhe auszog und meine Schlüssel ablegte, und kurz darauf breitete sich der Geruch von Oregano und angebranntem Mehl im Wohnzimmer aus.

Er stand in der Tür und betrachtete uns.

Komm, sagte ich.

Wo wollt ihr mich haben?, fragte er.

Ich klopfte auf den Platz neben uns. Er setzte sich behutsam hin, nahm meine Hand und hielt sie fest, folgte dem Rhythmus, auf und ab.

Ich hätte nicht gedacht, dass du es ernst meinst, sagte er.

Es war Martine, die vorschlug mitzukommen, als ich erzählte, dass ich vor dem Examen für ein paar Wochen zu meinen Eltern ziehen wollte, und sie war es auch, die wieder darauf zurückkam und mir ein Datum vorschlug. Sie sagte, es wäre doch schön, aufs Land zu fahren (dabei hatte ich es nie so genannt). Es störte sie nicht, dass ich hinterherhinkte und schon seit vielen Wochen nicht gelernt hatte. Sie hatte umfassende Notizen gemacht und sah keinen Grund, sie für sich zu behalten. Wir trafen uns am Hauptbahnhof, und zu diesem Anlass trug sie einen weichen Strohhut und einen langen mayonnaisefarbenen Rock, als würden wir nicht nur aus der Stadt reisen, sondern auch in eine andere Zeit zurück. Mir wurde schlagartig bewusst, wie wenig wir uns kannten, und ich fürchtete, wir könnten einen Fehler begehen, indem wir eine zarte Freundschaft in einem so frühen Stadium auf die Probe stellten. Erst als wir uns mit einem Becher Kaffee gegenübersaßen und sie den Hut abnahm und auf den Platz neben sich legte, entspannte ich mich. Hatte ich mich nicht immer genau danach gesehnt? Zwei Freundinnen auf dem Weg in die Lernferien, ungezwungener ging es doch gar nicht. Sogar Elias hatte mich darin bestärkt zu fahren. Ganz zu schweigen von meiner Mutter, die sich über die Maßen freute. Meine Unfähigkeit, Bindungen zu Gleichaltrigen desselben Geschlechts aufzubauen, hatte die Leute in meiner Umgebung bekümmert, solange ich denken konnte.

Keine Sorge, sagte Solveig und stellte einen Teller mit Melonenscheiben und Erdbeeren vor uns auf den Tisch, ich lasse euch schon in Ruhe.

Sie ging durch den Garten zurück. Ich sah, wie sie die Tür zur Küche öffnete, ihre kräftigen braunen Beine unter dem Rock, die Plastikblumen auf ihren Flipflops. Jetzt würde sie sich in die Sonne auf der anderen Seite des Hauses setzen und eine einzige, märtyrerhafte Zigarette rauchen. Und schon bald wäre die hohe Karaffe mit dem Schraubverschluss mit Fliederblütensaft gefüllt.

Ich finde deine Mutter toll, sagte Martine und zupfte den Stängel von einer Erdbeere, sie ist genau so, wie ich sie mir vorgestellt hatte. Mehr wie ein Mann.

Wir gönnten uns Pausen. Eine, um mit meinen Eltern zu Mittag zu essen, und eine am Nachmittag. Wenn das Wetter gut war, radelten wir zum Strand, wo wir nur so lange liegen blieben, bis unsere Haut und unser Haar nach dem Baden getrocknet waren. Wegen der Narbe benutzte Martine Lichtschutzfaktor 50 auf der Nase, die durch die Creme klein und bläulich aussah.

Wie verstehst du das hier?, fragte Martine und schob ihr Kompendium zu mir herüber. Sie deutete mit dem Finger auf die Stelle, die ich lesen sollte.

Gar nicht, antwortete ich.

Nein, oder.

Es war nicht einmal elf, aber schon warm im Schatten. Wir aßen den Rest der Melone, ich steckte meine Finger zwischen die Zehen. Das Gurren der Ringeltauben erinnerte mich an andere Tage im Garten, an Fernsehverbote, wie ich mich zu Tode langweilte. Ich sah Ansos kindlich schmächtigen Körper durch den Strahl des Wasserschlauchs rennen, den ich nach ihrer Anweisung so halten soll, dass der Daumen das Wasser in einem breiten, flachen Bogen hinauszwingt. Sie kreischt, als es sie trifft, sie schreit: Das ist der Raureif, jetzt bin ich in Walhalla! Öffnet die Tore! In jenem Sommer bekamen wir *Menschensohn* vorgelesen, und ehe ich einschlief, berührte ich mich selbst zu diffusen Fantasien über Erik und den Wald und die Pferde. Anso läuft im Kreis und rudert mit den Armen, bleibt vor mir stehen und lacht mit weit geöffnetem Mund und Haaren wie Seidenzucker. Ich senke wortlos den Strahl und richte ihn auf ihr vorstehendes, nacktes Schambein. Wo sind die Jungs in dieser Erinnerung geblieben? Sie sehen sicher zu, sie haben immer zugesehen.

Was ist?, fragte Martine.

Ich saß neben meiner neuen Freundin und hatte ein Gefühl, als hätte ich in einem Kuchenrezept die Menge an Salz und Zucker verwechselt. Die Äste des Apfelbaums bewegten sich und warfen Schatten auf ihr Haar.

Nichts. Warum fragst du?

Sie nickte und widmete sich wieder ihrem Kompendium.

Willst du mit zum Strand?, fragte ich, um es wiedergutzumachen.

Jetzt? Sie blickte auf ihr Telefon.

Wenn du gern weitermachen willst, kann ich auch allein fahren.

Ich würde gerne mitkommen, sagte sie, aber lass mich erst noch die eine Seite lesen.

Das Sportflugzeug mit dem Werbebanner drehte ganze vier Schleifen über der Bucht, ehe wir unsere Bastmatten zusammenrollten. Auf dem Rückweg hielten wir an einem Secondhand-Laden. Früher hatte ich fast alle meine Sachen dort gekauft, und als wir beim letzten Mal daran vorbeigefahren waren, hatte ich Martine versprechen müssen, sie dorthin mitzunehmen. Wenn man vom Parkplatz hereinkam, war es im Laden angenehm kühl. Aus dem Hinterzimmer breitete sich ein Geruch von

Zigarettenrauch und Waschpulver aus. Die uralte Verkäuferin tat so, als würde sie uns nicht beobachten, während sie gehäkelte Lappen faltete und anschließend nach einem System, das ich nicht durchschaute, in zwei verschiedene Plastikkörbe legte. Martine verschwand mit einem Berg von Sachen in der Umkleide. Ich steckte meine Füße in ein paar schief gelaufene Pumps und wackelte eine Runde durch den Laden.

Komm mal her, rief Martine.

Das Kleid war flaschengrün mit weißen Blumen und zu groß. Sie drehte sich um die eigene Achse.

Das ist gut, sagte ich, nimm es.

Willst du nicht auch etwas anprobieren?

Ich nickte und ging in die benachbarte Kabine. Dort hingen schon eine Hose und eine Bluse. Die Hose war zwei Nummern zu klein, ich bekam sie gerade so über die Knie, aber die Bluse saß gut und passte zu meinem Haar. Der Seidenstoff schmiegte sich angenehm an meine sonnenwarmen Schultern und den Rücken.

Martine nickte.

Die ist wirklich schön, was kostet sie?

Sie steckte ihre Hand von hinten in den Kragen und zog das Preisschild heraus, dann nickte sie wieder.

Diese Farbe können nicht viele tragen.

Ich bekam einen Schock, als ich Gedske sah, die sich mühsam von ihrem Platz am Gartentisch erhob und auf uns zukam. Wie hatte ich vergessen können, dass sie heute Abend kommen würden? Meine Mutter stand ein Stück von den anderen entfernt und war mit dem Grillanzünder beschäftigt. Gedske war schon immer mollig gewesen, aber jetzt hätte ich sie, ohne zu zögern, als fett bezeichnet. Ihre Brüste gingen unter der Hemdbluse in einen Bauch über, ihr aufgedunsenes Gesicht glänzte. Allan und die Jungs begnügten sich damit, von den Spaghettistühlen aus Hallo zu rufen und zu winken. Wir standen da und sahen sie kommen, mit unseren Plastiktüten voller neuer alter Kleider in den Händen.

Ciska. Sie zog mich an sich. Wir müssen uns hundert Jahre nicht gesehen haben. Kann es wirklich sein, dass es zuletzt bei der Beerdigung war?

Ich tat, als würde ich nachdenken, ehe ich es bestätigte.

Und du bist Martine, die Studienfreundin? Wie nett. Haben wir nicht Glück mit dem Wetter?

Wir gehen kurz rein und ziehen uns um, sagte ich, richte Solveig doch einfach aus, dass wir gleich da sind.

Ich schob Martine vor mir durch den Garten und das Haus bis in mein Zimmer und schloss die

Tür hinter uns. Die Sonne fiel direkt herein, es roch nach warmem Lack. Martine ließ sich mit dem Rücken auf das Bett fallen, löste den Knoten, zu dem sie ihr Haar hochgesteckt hatte, und kämmte es mit den Fingern.

Entschuldige, sagte ich, ich hatte ganz vergessen, dass sie kommen würden. Dabei hat meine Mutter es mir gesagt.

Ist doch egal, dann machen wir eben eine Pause. Morgen reißen wir uns wieder am Riemen, sie rollte sich auf die Seite und sah mich an, abgemacht?

Ihre Tochter hat sich umgebracht, erklärte ich, nur dass du nicht aus Versehen irgendetwas sagst. Jetzt weißt du es.

Martine stemmte sich auf die Ellbogen.

Kanntest du sie?

Wir sind zusammen aufgewachsen. Gedske ist die beste Freundin meiner Mutter.

Puh, jetzt wird mir ganz mulmig, sagte sie und setzte sich auf. Ich kenne niemanden, der das getan hat.

Ich kannte vorher auch niemanden, sagte ich.

Doch das stimmte nicht. Simons Mutter hatte sich von der Fähre von Hundested nach Rørvig gestürzt, als er neun Jahre alt war. Es gab Zeugen, es war kein Unfall. Mona war auf die Reling geklettert und hatte sich abgestoßen. Im Februar. Sie arbeitete als Malerin, im Jahr davor hatte sie unseren Anbau gestrichen. Ich erinnere mich ganz deutlich, wie sie in ihren schneeweißen Männerklamotten, das Haar zu zwei Rattenschwänzchen gebunden, auf dem Grundstück umherlief. Sie trug Kopfhörer mit einem eingebauten Radio und sang alle Lieder mit. Es ist nicht undenkbar, dass sie dazu beitrug, dass ich Simon alles mit mir machen ließ, was er wollte. Ich hörte nicht auf zu hoffen, dass er mir etwas erzählen würde, was niemand sonst wusste, doch er erwähnte sie nur, wenn wir zufällig an einer Fassade oder einem Zaun vorbeikamen, die ihr Werk gewesen waren, wie er sagte. *Das da ist das Werk meiner Mutter.*

Eigentlich wollte ich dir das rechtzeitig sagen, erklärte ich.

Hattet ihr ein enges Verhältnis?

Ich zuckte die Achseln.

Als wir klein waren, haben wir miteinander gespielt. Später nicht mehr so. Ich bin älter als sie.

Ich öffnete meinen Bikini und fegte den Sand von meinen Brüsten. Sie waren kalt und gefühllos.

Wie hat sie es getan?, fragte Martine mit zusammengekniffenen Augen, als wollte sie sich vor der Antwort abschirmen.

Sie hat sich erhängt. Wir sollten jetzt langsam mal zu den anderen runtergehen, sagte ich.

Martine zog tapfer das neue Kleid aus der Tüte und über den Kopf.

Zieh die Bluse an, sagte sie, die steht dir wirklich.

Als ich mich zum zweiten Mal damit abmühte, die runden Knöpfe aus perlmuttfarbenem Plastik in ihre Löcher zu zwängen, dämmerte mir, dass ich die Bluse vor zwei Jahren an Mads' Konfirmation schon einmal gesehen hatte, unter einem Blazer, in dem sie der Karikatur einer Geschäftsfrau glich. Die Bluse stand mir besser, das warme Orange passte zu meiner Haut, wohingegen sie damals in der Kirche bleich und billig darin ausgesehen hatte.

Das wird zu warm mit den langen Ärmeln, sagte ich, geh doch einfach schon mal vor.

Das Essen schmeckte gut, und weil wir den ganzen Tag nichts gegessen hatten, wirkte der Wein sofort. Immer wenn ich Martine sah, die sich unbeschwert zwischen dem Gespräch mit Allan auf der einen Seite und meiner Mutter auf der anderen hin- und herbewegte, war ich mit Stolz erfüllt. Sie war hier, mit mir. Es war mein Verdienst, dass diese junge Frau mit der Sonne im Rücken in unserem Garten saß und gegrillte Maiskolben und Bratwürste aß, als wäre es ganz selbstverständlich. Keiner hatte sie erwähnt, ehe mein Vater sein Glas erhob und mit einem fettigen Messer dagegenschlug.

Ich finde, wir sollten auf Anso trinken. Sie hätte ja auch hier sein sollen.

Meine Mutter legte eine Hand auf seinen Arm, und wir prosteten uns zu. Ich hörte Martines Stimme über allen anderen.

Danke, Steve, sagte Gedske, das war ein schöner Gedanke von dir.

Anschließend saßen wir in der Stille da, die immer folgt, wenn jemand einen Toast ausspricht, und es dauerte eine Weile, bis wir uns wieder gefangen hatten. Nur mein Vater wirkte unbeeindruckt, wie immer frei davon, sich für die Stimmung am Tisch verantwortlich zu fühlen, an dem auch er zufällig saß. Die Jungs hatten ihre Handys hervorgeholt, Gustav ließ irgendetwas mit Ton laufen. Rechts von mir aß Gedske fahrig weiter. Sie schnitt, kaute, schluckte, schnitt, kaute, schluckte. Es sah aus, als würde sie ihren Teller aufräumen. Ich dachte an die Briefe. Sie lagen immer noch da, wo ich sie hinterlassen hatte, auf dem Regalbrett mit den Kompendien des letzten Semesters. Jetzt bereute ich es, dass ich sie nicht sofort gelesen hatte. Vielleicht hätte ich etwas sagen können, um sie zu trösten. Etwas Bedeutungsvolles, Wahres. Die Ohnmacht, die diese schweigende Frau in mir auslöste, war nur schwer auszuhalten. Als meine Mutter das Dessert erwähnte, stand ich auf und fing an, die Teller abzuräumen. Ich kratzte die Reste auf den obersten und trug den Stapel in Richtung Küche. Die Pflastersteine des Hofs wölbten sich und wogten unter meinen Füßen, ich biss mir auf die Lippen, die vom Wein pochten. Martine folgte mir mit dem Tranchiermesser und einer Karaffe, die sie auf dem Schneidebrett balancierte.

Ich bin so betrunken, jammerte sie, als wir die Tür hinter uns schlossen. Ein Rinnsal aus Fleischsaft lief an ihrem Unterarm herunter und auf den Boden, und sie wischte sich resigniert die Hände an ihrem Kleid ab. Ich öffnete den Wasserhahn mit einer solchen Kraft, dass der Strahl aus der Spüle bis über die Arbeitsplatte und meine Jeans spritzte. Bei meinem anschließenden Wutausbruch krümmte Martine sich vor Lachen. Als sie fertig gelacht hatte, richtete sie sich auf und sagte:

Ich glaube, ihr Vater hat mir die Hand auf den Oberschenkel gelegt.

Allan?

Martine nickte und grinste unsicher.

Er hat nichts gemacht, hat die Hand einfach nur da liegen lassen, bis er sie wieder weggenommen hat.

Die Wut setzte sich in meinem Kiefer fest, im Hals und in den Händen. Ich konnte ihn durch das

Fenster sehen, das buttergelbe Haar war zurückgekämmt und reichte im Nacken bis zum Hemdkragen. Er hatte seinen Stuhl zurückgeschoben und sich eine Zigarette angesteckt. Die alten, vertrauten Fantasien, ihn zu vernichten, kehrten mit einer solchen Heftigkeit zurück, dass mir schwarz vor Augen wurde.

Frans, es war sicher nicht so gemeint, vielleicht –

Entweder hat er es getan, oder er hat es nicht getan.

Sie schwieg.

Hat er's getan?

Ich dachte, es wäre, weil er trauert, murmelte Martine und sah so verloren aus, dass sie mir leidtat. Ich zog sie an mich und küsste sie auf Wangen und Stirn.

Du hasst ihn, flüsterte sie. Ihr Atem an meinem Hals fühlte sich an wie eine warme Münze.

Später, als es allmählich hell wurde und der Baileys leer war, radelten wir zum Strand; Mads, Martine und ich. Das Wasser und der Sand und der Himmel hatten die gleiche silbergraue Farbe, und es war windstill, selbst die leichten Möwen mussten wild mit den Flügeln schlagen, um nach oben zu steigen. Während wir uns auszogen, kroch die Sonne über die Landspitze. Wir schwammen bis zur zweiten Sandbank, wo Mads uns auf seine pickeligen Schultern klettern ließ und unsere Knöchel festhielt, bis wir das Gleichgewicht gefunden hatten und uns rücklings fallen ließen. Er kraulte an der Küste entlang, bewegte sich weit von uns weg und wieder zurück. Ich schrie, als eine kleine Scholle unter meinem Fuß wegschlüpfte. Falls unsere Nacktheit irgendeinen Eindruck auf Mads machte, ließ er es sich nicht anmerken und schien sich auch seiner eigenen nicht zu schämen.

Ich friere, rief Martine und watete zum Strand, wo sie sich im Schutz einer umgedrehten Jolle hinlegte. Als Mads das nächste Mal prustend und platschend auf mich zukam, hielt ich ihn auf.

Wir wären fast von einer Welle umgeworfen worden, ich schloss meine Oberschenkel fester um seine Hüfte. Das Gefühl des eiskalten Meerwassers, das in mich hineinschwappte, während er sich vor- und zurückbewegte, war fremd. Er klammerte sich mit seinen großen Kinderhänden an mich.

Deine Beine stechen, sagte er.

Mach einfach weiter, sagte ich und griff fester in sein kurzes Haar, doch er verlor offensichtlich den Mut. Sein Schwanz wurde schlaffer, und schließlich glitt er aus mir hinaus.

Ich packte seine Ohren und zog sie so fest nach unten, wie ich konnte.

Au, schrie er und stieß mich weg, was soll das denn?

Ich antwortete nicht. Mads schüttelte den Kopf und betastete seine Ohren, ehe er wortlos zum Strand zurückschwamm.

Martine überließ ihm die Luftmatratze und krabbelte zu mir hinauf ins Bett. Mads schlief unbeschwert wie ein Tier mit dem nassen Handtuch über sich ein. Martine und ich lagen so beengt in dem schmalen Bett, dass unsere Knie zusammenstießen. Die Narbe war länger, als ich bisher gedacht hatte. Sie verlief von der Nase über die Wange bis zur Schläfe, aber nur wie ein leuchtender Faden unter der Haut. Sie öffnete die Augen.

Warst du traurig, als sie starb?

Ihre Stimme war klar und ohne Vorwürfe.

Nein. Nicht so, wie man denkt, es war merkwürdig.

Martine nickte.

Manchmal kommt die Reaktion verspätet.

Ich verstand, worauf sie hinauswollte, doch ich war nicht an Vergebung interessiert.

Es kommt keine Reaktion, sagte ich.

Man kann nicht immer wissen, wie sie sich äußert.

So ist es aber nicht, sagte ich, verstehst du das?

Sie schloss die Augen.

Martine –

Doch, ich verstehe es, flüsterte sie, entschuldige.

Sie presste ihr Gesicht auf den feuchten Fleck, den ihr Haar auf dem Laken hinterlassen hatte.

Morgen reißen wir uns zusammen, sagte ich, damit sie aufhörte. Sie lachte resigniert, ihre Augen waren rotgeädert. Meine Freundin, nicht gerade schön.

Worüber lachst du?

Ach, nur. Es *ist* morgen.

Wir bestanden beide gerade so, und als Martine ein paar Tage nach dem Examen mit ihrer Familie nach Italien fuhr, um die Ferien in einem Haus am See zu verbringen, fühlte ich mich einmal mehr der klaffenden Leere der Wohnung überlassen und der Stadt, in der ich mich nicht heimisch fühlte, und der angenehmen, aber eher sporadischen Gesellschaft der Jungs. Außerdem hatte Elias wohl neuerdings eine Freundin. Etwas, das die Situation komplizierter machte, ohne sie tatsächlich zu verändern. Yann und er klingelten weiter bei mir, und ich ließ sie weiter herein. Wir aßen und tranken, und zwischendurch legten wir uns auf mein Bett. Eines Tages fragte ich, wie sie hieß. Gül. Ich fragte, was sie machte. Medizin studieren. Ich schlug ihm sogar vor, sie einmal mitzubringen, was er mit einer Entschiedenheit ablehnte, die mich verletzte. Ob ich irgendetwas nicht Vorzeigbares an mir hätte? Ob diese Medizinstudentin Gül zu fein für mich und meine Wohnung sei? Er ging mit einem Kuss über meine Sorgen hinweg und verreiste nach Salzburg, um seine älteren Brüder und deren Frauen zu besuchen.

Es war meine Idee gewesen, ihnen die Wohnung zu überlassen. Ihr sollt doch kein Geld für ein Hotel zahlen, hatte ich gesagt, als Solveig anrief. Ich konnte hören, dass sie sich freute, dabei tat ich es ebenso sehr mir selbst wie ihr zuliebe. Mittlerweile konnte ich mich nicht mehr lange zu Hause aufhalten, mein Kopf kochte, und in meinem Unterleib brannte eine Blasenentzündung. Am Tag vor ihrer Ankunft räumte ich auf und wischte den Holzboden. Ich warf die vertrocknete Sukkulente in den Müll, brachte Pfandflaschen weg und kaufte von dem Geld ein Willkommensgeschenk. Als ich fertig war, ließ ich den Schlüssel wie vereinbart beim Nachbarn unter mir und zog in den Verschlag auf dem Dachboden der Viktoriagade.

Noch hatte keine neue verlorene Seele die verwitterten Quadratmeter eingenommen, die ungenutzt blieben, seit Elias mehr oder weniger bei seiner Medizinstudentin eingezogen war. Die Hitze war unglaublich, als könnte das Dach jeden Moment in Brand geraten. Ich stieß das Fenster auf, zog mich aus und legte mich rücklings auf die Matratze. Elias hatte zwei Architekturzeitschriften dagelassen, in denen ich blätterte, sie aufgrund der eingehenden Beschreibungen von Gebäuden, die es noch gar nicht gab, aber schnell wieder beiseitelegte. Ansonsten ließ es sich auf dem Dachboden gut aushalten. Nach einer Weile gewöhnte ich mich an den Geruch und die Wärme, an das Geräusch von Taubenkrallen auf der Dachrinne.

Am Samstag stand ich früh auf und stieg hinunter in die Wohnung, um auf die Toilette zu gehen. Das Wohnzimmer war chaotisch und still, an einem Ende des Esstischs hatte jemand angefangen, ein Puzzle mit tausend Teilen zu legen, aus denen, wie die Schachtel verriet, einmal das Motiv eines Wolfsrudels vor einer Schneelandschaft entstehen sollte, ich ergänzte ein paar Teile an der unteren Längsseite.

Die Tür zu Yanns Zimmer stand offen. Er lag in seiner knallbunten Badehose quer auf dem Bett. Die Gardinen waren nicht vorgezogen, und in ein paar Stunden würde ihm die Sonne direkt in den offenen Mund scheinen. Ich setzte mich in den zerschlissenen grünen Sessel gegenüber vom Bett. Ich hatte Elias immer bevorzugt, weil er hübscher war, aber die Zärtlichkeit, die ich für den Menschen vor mir fühlte, war nicht eingebildet. Ich saß eine Weile da und ließ die Empfindung in meiner Brust wachsen, bis sie platzte und verschwand. Auf dem Weg hinaus stieß ich mir am Türrahmen den Musikantenknochen, und der Schmerz sang in meinem ganzen Arm. Ich fluchte, und Yann setzte sich auf und sah mich mit benebeltem Blick an.

Ich bin's nur, flüsterte ich und blieb stehen, bis er sich mit einem Stöhnen auf den Bauch drehte und weiterschlief.

Anstatt wieder auf den Dachboden zurückzukehren, ging ich in die Küche und fand dort ein Glas Erdnussbutter und die Reste einer Reispfanne, die in einem Topf auf dem Herd stand. Mit einem klebrig-salzigen Mund und dem Gefühl, dass die Dinge unmöglich noch schlimmer werden konnten, beschloss ich, es hinter mich zu bringen. Ich wollte den ganzen Inhalt des Umschlags lesen, wie eine Katze Gras frisst; mich anschließend erbrechen und frei davon sein. Immerhin konnte ich dann zu Solveig sagen: Ich habe getan, worum du mich gebeten hast, deshalb muss ich wohl wirklich deine Tochter sein und keine zufällige Fremde.

Der Geruch von Frauenkörpern hing in der Wohnung. Ich öffnete das Fenster, las ihre Zettel und aß ein Stück von der Schokolade, die sie als Dank dagelassen hatten, und dann holte ich den Umschlag von dort, wo ich ihn ein paar Monate zuvor hingelegt hatte. Das glatte Papier war mit Staub bedeckt, der ein mausgraues Fell auf meinen Fingerspitzen bildete. Der Umschlag war dicker und schwerer, als ich es in Erinnerung hatte, und ich spürte überrascht, wie mir ein erwartungsvoller Schauer den Rücken hinunterlief, während ich ihn zusammen mit meinem Handtuch, dem Badeanzug und einer Thermoskanne Kaffee in meine Jutetasche steckte.

Ich radelte an den Seen vorbei, durch Østerbro

und Hellerup bis an die Küste und schob mein Fahrrad durch eine Allee, die in einer niedrigen Mauer am Wasser endete. Sie lud förmlich dazu ein, hinüberzuspringen und auf dem privaten Strand zu landen. Segelboote, die man von der Küste aus sieht, sind für mich das ultimative Symbol für Reinheit, das beste Mittel gegen trübe Gedanken. Nicht die Menschen, die darauf herumklettern und sich etwas zurufen, sondern das Segelboot, allein auf dem Meer. Ich zog mich aus, verzichtete auf den Badeanzug und glitt von einem Stein ins Wasser. Die Sonne hatte sich noch nicht durchgesetzt, und es war beißend kalt. Ich musste mich selbst dazu zwingen, die geplante Zahl an Bahnen zu absolvieren. Erst als meine Knöchel verkrampften, schwamm ich wieder zur Küste und trocknete mich mit den gleichen, betont energischen Bewegungen ab wie meine Mutter. Es passiert immer häufiger, dass ihre Choreografie in meinem Körper auftaucht, die Art und Weise, wie ich mit der linken Hand um meinen rechten Oberarm greife, wenn ich mich morgens auf die kalte Klobrille setze oder in die Hocke gehe, um einen Hund zu begrüßen.

Ich legte mich in den kühlen Sand, ließ ihn an meiner Haut ziepen und zupfen. Es ist ein Irrglauben, dass eine Blasenentzündung mit einer Verkühlung zusammenhängt. Sie entsteht durch

Kolibakterien, die vom Ausgang der Harnröhre bis zur Blase hinaufwandern, und ist letzten Endes eine Frage der Hygiene.

Am wärmsten

Kurz nachdem Benjamin uns verlassen hatte, begann die Wohnung anders zu riechen. Nach weniger von irgendetwas und süßlicher. Ich habe mich immer noch nicht daran gewöhnt. In den Sekunden, bevor ich die Tür aufschließe, erwarte ich immer etwas anderes. Der Küchenfußboden ist mit Haferflocken gesprenkelt, und unsere Joghurtschalen stehen noch auf dem Tisch, wo wir sie abgestellt haben. Ingeborg hat keine sauberen Oberteile mehr, und bevor wir von zu Hause aufgebrochen waren, hatte sie die Kiste mit den kleinen Figuren auf ihrem Bett ausgeleert. Ich beschließe, das warten zu lassen, und setze Wasser für Kaffee auf. In der Zeit, bis es kocht, gehe ich normalerweise auf den Balkon, um eine zu rauchen. Normalerweise ist nicht das richtige Wort. Ich habe nicht immer geraucht. Um genau zu sein, habe ich nie geraucht bis zu jenem Tag im Januar, an dem Benjamin verschwand und unter anderem eine halbe Schachtel gelbe Manitou zurückließ. Ich rauchte sie im Laufe einiger Wochen auf, und als sie leer war, kaufte ich einfach eine neue von derselben Marke. Ich achte darauf, nur wenige am Tag zu rauchen und mich auch nicht zu fragen, ob es eine gute Idee ist. Nach der täglichen Heul-und-Wink-Prozedur im Gemeinschaftsraum der Kita fühle ich mich dünnhäutig, und die Zigarette auf dem Balkon hat sich als notwendiger Übergang in meinem Tagesablauf etabliert. Sie ist die schmale Brücke, die es mir erlaubt, den Anblick des aufgelösten Gesichts meiner Tochter hinter mir zu lassen und ohne sie weiterzumachen. Ich habe das Feuerzeug gefunden und will mir gerade die Zigarette anstecken, als ich durch den Gruß des jungen Mannes aus meinen Gedanken gerissen werde. Er steht mit einem Wischmopp in der Hand in seiner Balkontür und trägt einen Kimono aus dunkelblauer Seide. Er sagt, er heiße Karl und sei mein neuer Nachbar. Ich stecke die Zigarette wieder zurück in die Schachtel, denn ich rauche nur allein.

Guten Morgen, sage ich, und herzlich willkommen.

Streng genommen ist Karl gar kein richtiger Nachbar. Er ist in das Haus nebenan gezogen, aber unsere Balkone grenzen in einem rechten Winkel aneinander und formen ein L, wobei meiner den längeren Part bildet. Das Paar, das bis vor Kurzem in der Wohnung wohnte, hat sich im Laufe des Frühjahrs getrennt. In den darauffolgenden Wochen wohnten sie abwechselnd in den Räumlichkeiten, die stückweise von Möbeln geleert wurden. Zuletzt stand nur noch eine Modellhand aus hellem Holz im Wohnzimmer. Ich behielt die Hand im Auge. Die steifen, bewegbaren Finger machten zuerst ein Peacezeichen, dann zeigte der Mittelfinger wütend in die Luft, und schließlich war die Hand zu einer Faust geballt. Waren es Botschaften, die sie einander schickten?

Karl bittet mich, ihn für einen Moment zu entschuldigen, und verschwindet in der Wohnung. Durch die geöffnete Tür höre ich, wie er mit etwas Schwerem hantiert, und zischende Butter. Kurz darauf streckt er den Kopf heraus und fragt, ob ich schon gegessen hätte. Er habe sich ein Spiegelei gebraten, und es würde nicht lange dauern, noch eins zu machen. Wenn ich wolle?

Ich habe schon seit Jahren kein Spiegelei mehr gebraten bekommen. Benjamin hatte oft Eier zum Frühstück gemacht, aber immer gekochte. Er hatte einen Trick: Wenn das Wasser kochte, schöpfte er ein wenig davon auf einen Esslöffel und wendete das Ei einmal darin, ehe er es in den Topf sinken ließ. Seiner Theorie nach konnte man so verhindern, dass die Schale riss und das Eiweiß herausquoll und an der Außenseite einen Polypen bildete. Sein Umgang mit der Welt war von solchen pseudowissenschaftlichen Ritualen durchzogen. Ein weich gekochtes Ei war das Letzte, was ich aß, bevor ich Ingeborg bekam. Nach dem Abwasch fielen die Wehen, die sich einen Tag lang nur oberflächlich geregt hatten, in einen gleichmäßigeren Rhythmus und begannen zu wirken. *Raus!,* stöhnte der Körper. Ein ohrenbetäubender Missklang, gefolgt von Stille. Ich erinnere mich, wie mich Benjamins aufmunternde Stimme von der anderen Seite aus einem Abstand erreichte, der mir galaktisch vorkam. Ich war an meinen Körper genagelt, dem Fleisch ausgeliefert, auf allen vieren im Bett, schwankend, mit hängendem Kopf und schweren Brüsten, ein paar Zentimeter näher daran, die Mutter des Mädchens zu werden.

Karl taucht mit einem Teller in jeder Hand wieder auf, das Haar hat er auf dem Kopf zu einem Knoten zusammengebunden. Er reicht mir ein Spiegelei über den dreißig Zentimeter breiten, aber fünf Stockwerke tiefen Abgrund, der unsere Balkone voneinander trennt. Wir lehnen uns an das Mauerwerk und essen. Das Eigelb zerläuft auf dem Porzellan, und ich bekomme Lust, den Teller sauberzulecken.

Ich hatte nicht vorgehabt, Karl von Benjamin

zu erzählen. In der ersten Zeit, nachdem er verschwunden war (ich weigere mich, das Wort *gehen* zu benutzen), erzählte ich es ausnahmslos allen. Es machte keinen Unterschied, ob es alte Freunde waren oder Taxifahrer oder die Bedienung in dem Café, wo ich meinen Kaffee trank. Sie mussten mich nicht einmal fragen, wie es mir ging, oder feststellen, dass ich abgenommen hatte. Sie brauchten mich lediglich mit einem Blick anzusehen, hinter dem sicher nur ganz normale Freundlichkeit steckte. Ich war ein leckendes Behältnis, aus dem überall, wohin ich ging, Trauer und ungläubiger Zorn heraussickerten. Eine natürliche Gesprächspause oder ein passendes Stichwort genügten mir, um einmal mehr auf die Geschichte von Benjamins Verschwinden zurückzukommen. Meine Ärztin bezeichnete das als krankhafte Vertraulichkeit. Sie gab mir die Aufgabe, die Menschen, denen ich begegnete, in eine von vier Kategorien einzuteilen: Familie, nahe Freunde, Bekannte und Fremde. Nach diesem System gehörte Karl zweifellos in die letzte. Trotzdem höre ich mich selbst reden, bis ich bei dem Brief ankomme, den Benjamin auf dem Küchentisch hinterlassen hatte. In den Wochen nach seinem Verschwinden las ich ihn mehrmals täglich. Manchmal von Anfang an, manchmal sprang ich auch hin und her und ließ ihn in kleinen Einheiten auf mich wirken. Was erhoffte ich mir davon? Über den Satz zu stolpern, der mir seine Entscheidung so einleuchtend machte, wie sie es für ihn gewesen sein musste. Das trat nicht ein. Es war eher so, als würde sich der Brief mit jedem Lesen weiter in sich zurückziehen und von mir weg, bis er sich eines Tages ganz in sich selbst verschlossen hatte. Seine Motive, Erklärungen, Entschuldigungen verschmolzen und erstarrten zu einer festen, undurchdringlichen Kugel. Was auch immer Benjamin mir hatte sagen wollen, es war verloren. Oder nie da gewesen. Es war eine Tatsache, dass er sich in die lange Tradition jener Männer eingeschrieben hatte, die von einem Tag auf den anderen verschwinden, ohne sich umzusehen. Im Film darf man sie dann meistens auf ihren Abenteuern begleiten, während die Angehörigen in einer nebligen Suppe aus Vergangenheit und schlechtem Gewissen verschwimmen.

Als ich mit Reden fertig bin, sehe ich zu Karl hinüber. Er sitzt mit geschlossenen Augen da, das Gesicht zur Sonne gewandt, die hinter einer dünnen Wolkendecke verborgen liegt. Ich denke erneut an die vier Kreise, die meine Ärztin um ein Strichmännchen gezeichnet hatte, das mich symbolisieren sollte, und beschließe, dass Karl in keinen von ihnen hineinpasst. Er ist gleichzeitig zu nah und irgendwo weit außerhalb meiner Reichweite.

Danke für das Frühstück, sage ich und gebe ihm den klebrigen Teller zurück.

Am darauffolgenden Tag sitzt er schon dort, als ich aus der Kita zurückkomme. Ohne darüber nachzudenken, rufe ich *Milch oder Zucker?* durch die offene Tür und reiche Karl kurz darauf eine Tasse Kaffee. Dankbar nehme ich wahr, dass sein Körper in mir nicht das übliche Bedürfnis weckt, das Schweigen auszufüllen wie leere Felder in einem Kreuzworträtsel. Er trägt sehr warme Schuhe für diese Jahreszeit. Wie Soldatenstiefel, aber abgewetzt, nicht blank poliert, und seine Füße stecken ohne Socken darin. Groß und ganz weiß sind sie, fast grünlich.

Er murmelt, dass er eigentlich gerade ins Schwimmbad wollte, als würde ihn der Anblick seiner eigenen nackten Haut an diesen Plan erinnern. Karl wirkt nicht wie jemand, der ins Schwimmbad geht. Ich hätte eher darauf getippt, dass er einen ganzen Tag darauf verwenden könnte, sein Fahrrad in alle Einzelteile zu zerlegen und wieder zusammenzubauen, dass er wie ich eher zu jener Gruppe von Individuen gehört, die sich am Rande dessen bewegen, was andere als sinnvollen Wechsel zwischen Arbeit und Freizeit auffassen.

Ich bin gerade so schlecht in Form, sage ich, vor

Kurzem habe ich mir alle möglichen Katastrophen ausgemalt, die ich verursachen würde, wenn ich mich nicht zusammenreißen und bis zum Bahnhof rennen würde. Trotzdem musste ich auf halbem Weg anhalten und zusehen, wie alles in die Luft fliegt.

Karl wippt mit den Zehen und erwidert, man könne sein Gehirn nicht auf diese Weise austricksen. Insgeheim hätte ich eben doch gewusst, dass es keinen Unterschied machen würde.

Ja, vielleicht, sage ich und drücke meine Zigarette in der Regenrinne aus, oder sogar ganz sicher.

Als er wissen will, wie lange wir schon hier wohnen, überrascht mich die Antwort: Über sechs Jahre inzwischen. Kann das wirklich hinkommen? Ich erinnere mich noch deutlich an das erste Mal, als mich die Vorbesitzerin hereinließ und herumführte. Ihr Freund hielt sich im Hintergrund und sagte kein Wort, sie aber machte deutlich, dass er es gewesen war, der alles eigenhändig renoviert und mit Glasfasertapete beklebt und auch den Küchenboden in einem glänzenden Elefantengrau gestrichen hatte. Als Benjamin ein halbes Jahr später einzog, schneite es. Sein Freund, der später eine Chinesin heiraten und ein Möbelgeschäft in Shanghai eröffnen würde (manchmal streift mich der Gedanke, Benjamin könnte in China sein, und ich sehe ihn vor mir, groß und mager in einer Menschenmenge), half ihm, alles in seinem Auto zu verstauen und den Schrank auf dem Dach festzuzurren. So fuhren wir im Schneckentempo durch die weiße Stadt. Die Umzugskartons waren mit einer dünnen Schicht Schnee bedeckt, die schmolz, sobald wir in das Treppenhaus kamen. Ich bereitete uns einen Mittagsimbiss zu und packte aus, während die beiden Männer schweigend arbeiteten. Als wir uns am selben Abend ein Bier teilten und die Dubletten aus den Küchenschränken aussortierten, fühlte es sich an, als hätte die Wohnung schon die ganze Zeit ein Benjamin-förmiges Loch gehabt, das nun gestopft war. Ich war glücklich und glaubte, er wäre es auch. Seither konnte ich unmöglich an diese Tage zurückdenken, ohne nach Rissen oder Warnzeichen zu suchen.

Ich stehe auf, Karl auch. Wir wünschen uns noch einen schönen Tag. Mir fällt zu spät auf, dass er meine Tasse mitgenommen hat.

Der Balkonboden hat sich in der Sonne verzogen. Ich hätte ihn ölen sollen, dazu wäre ich sogar seitens der Baugenossenschaft verpflichtet: jedes Frühjahr die Edelholzdielen zu schrubben und ölen. Aber in unserem Haushalt war Benjamin für die praktischen Dinge zuständig gewesen. Ich sehe ihn genau so vor mir, auf Knien, mit dem groben, viereckigen Pinsel und den Lappen, die er aus alten T-Shirts geschnitten hatte. Irgendwo habe ich bestimmt noch die Tüte mit den ausgefransten Stofffetzen. Ich zünde die Zigarette an und schicke den Rauch mit dem Wind links hinter mich. Es ist ermutigend, so weit blicken zu können. Keine Wolke am Himmel, die Fahnen auf dem Parkplatz des Baumarkts bauschen und kringeln sich. Der Kaffee ist kalt, aber er wirkt. Ich merke sogar, wie das Koffein den Kopfschmerz im Zaum hält. In den Stunden vor Sonnenaufgang war Ingeborg mehrmals weinend aufgewacht, in einem Traum gefangen, aus dem sie nicht mehr herausfand. Ich musste sie jedes Mal in die Küche tragen und das Licht anschalten. Erst als ich eine Folge von *Dora the Explorer* auf dem Computer anmachte und ihr ein Saftpäckchen gab, blinzelte sie so lange, bis sie wach genug war, um anschließend wieder in meinen Armen einschlafen zu können. Ich blieb in der dunklen Küche sitzen und sah zu, wie Dora und der Affe Boots die Reparaturmaschine besuchten.

Im Laufe der letzten Jahre habe ich mich daran gewöhnt, schlaftrunken durch meinen Alltag zu torkeln. Meistens wacht Ingeborg vor fünf Uhr auf. Der Klang ihrer Stimme erfüllt mich mit einer seltsamen Mischung aus Wut und völlig unbändigem

Glück. Meine Tochter hat von Anfang an einen Krieg gegen die Nacht geführt. Wenn die Ratgeber schrieben, ein Kind in dem und dem Alter brauche zwölf bis vierzehn Stunden Schlaf am Tag, schlief Ingeborg acht. Als sie drei Monate alt wurde, war ich davon überzeugt, sie wäre Autistin, weil sie nur so kurz und oberflächlich eindöste und auf eine Art und Weise mit den Armen zappelte, die mir unnormal vorkam. Ich googelte und sah mit Tränen in den Augen YouTube-Videos von amerikanischen Babys, die genauso zappelten wie sie, und bei denen sich später herausstellte, dass sie autistisch waren und sich nur für Waschmaschinen und Fahrpläne interessierten. Benjamin machte sich keine Sorgen. Ingeborg ist eben so, sagte er und lag damit richtiger, als ich es ihm zugestehen wollte. Er fügte sich ganz natürlich in die Elternrolle ein, und sie stand ihm. Er war ein guter Vater, ohne groß etwas anders zu machen als vorher. Er rauchte immer noch zu viel und arbeitete nachts länger als je zuvor. Es war, als könnte ihm nichts etwas anhaben. Die Müdigkeit. Die Verantwortung. Die Liebe. Alles, was mich aufrieb, brachte ihn nur umso mehr zum Strahlen. Benjamin sah verwundert zu, wie ich meine Jagd nach Lösungen und Verbesserungen fortsetzte. Das Internet spülte mich schließlich zum Alleinvertrieb von *Ewan the Dream Sheep*.

Bei dem Schaf, oder besser gesagt dem Lautsprecher im Schaf, konnte man verschiedene Arten von Rauschen einstellen, die den Geräuschteppich in einer Gebärmutter simulierten. Das Trommeln des Herzens, das Gluckern von Blut und Gedärmen. Ewan lag neben dem Kind und rauschte und versuchte vergeblich, es in den Schlaf zu lullen, aber vielleicht erinnerten seine Geräusche auch gar nicht an jene im Mutterleib, denn Ingeborg griff nach ihm und lachte und war wach wie nie zuvor. Nach ein paar Wochen begann der Lautsprecher metallisch zu scheppern, und mir kam der Gedanke, dass das Schaf jetzt von den Geräuschen der Fabrik, in der es hergestellt worden war, heimgesucht wurde. Ich wechselte die Batterien, und als das nicht half, warf ich Traumschaf Ewan weg.

Schöne Geburt, hatte die Hebamme in ihren Unterlagen vermerkt, und das zu Recht. Ich schrie kein einziges Mal. Als sie einen Lappen gegen meinen Damm drückte und es mir endlich erlaubte, zu pressen, stieß ich das Kind in einer langen, stillen Bewegung hinaus, zusammen mit etwas wässrigem Kot. Ich war eine tapfere Gebärende und eine ängstliche, verzagte und weinerliche Mutter.

Karl setzt sich und fragt, was ich gerade mache.

Ich lese, sage ich und schlage das dunkelgrüne

Taschenbuch zu, dankbar für die Ablenkung. Ich muss mich nicht mehr strecken und verrenken, um die Bedeutung der Wörter zu verstehen, mit der die akademische Sprache gespickt ist. Benjamin teilte meine Begeisterung für Theorien über die Welt und die Sprache nicht. Wozu das alles?, fragte er rhetorisch. Es ist doch alles schon da, und alles andere denken sie sich nur aus. Ab und zu fürchte ich, er hat recht. Dass ich meine Zeit zu lange mit Überbauten und wackeligen Gerüsten vergeudet habe, mit ausgeklügelten Systemen.

Die Monografie *Ghosts of War in Vietnam* habe ich gebraucht gekauft, und der Rand ist in der zierlichen Handschrift des Vorbesitzers vollgekritzelt. Er hatte die offensichtlichsten Dinge vermerkt, den Text ab und zu sogar eins zu eins abgeschrieben. Vielleicht war ich deshalb so begeistert von einer Notiz, die ich neben einer Passage entdeckte, in der es um gefallene südvietnamesische Soldaten geht, die aufgrund des kommunistischen Verbots von traditionellen Erinnerungsritualen in einem seelischen Niemandsland zurückgelassen werden, im *Khom*. Hier hatte der Betreffende – als einzige Ausnahme – ein winziges Männergesicht mit Spitzbart und einem breitkrempigen Hut gezeichnet, der die Form eines Unendlichzeichens hatte.

Das erkläre ich Karl, ehe ich das Buch über das

Balkongeländer reiche und mit dem Zeigefinger auf die Textstelle deute. Ich beobachte seine Augen, die sich ruckhaft über die Seite bewegen, seine Lippen, die die Wörter formen.

Ich hatte die Monografie als Sekundärliteratur für meine Magisterarbeit gekauft, die den eingängigen Arbeitstitel *Die Liminalität der objektlosen Trauer* trug. Meine Idee bestand darin, die Rituale zu untersuchen, die einen nicht-physischen Tod begleiten, oder eben gerade nicht begleiten, und ich führte ein halbes Jahr Interviews mit Angehörigen von Menschen mit Hirnschäden. Ich fand sie über geschlossene Facebook-Gruppen. Ab und zu wurde mir vorgeworfen, ich würde am Unglück anderer Menschen schmarotzen, und dann entfernte ich meine Anfrage jedes Mal ohne weitere Kommentare. Ich versuchte mich nicht zu verteidigen, und anschließend gab es immer einige Menschen, die sich mit einer Privatnachricht an mich wandten. Sie wollten mir gerne ihre Geschichte erzählen.

An dem Morgen, als ich den Brief fand, war ich gerade damit fertig geworden, die letzten Interviews zu transkribieren, und wollte ernsthaft mit dem Schreiben anfangen. Ich hatte mein Pult in der Bibliothek in der Fiolstræde, ich hatte meine Routinen und eine eigene mitgebrachte Tasse in der Teeküche im Keller. In den ersten fiebrigen

Tagen kam ich nicht auf die Idee, dass er nicht zurückkehren könnte. Ich tat, als wäre nichts, und fixierte mich darauf, meine Deadlines einzuhalten. Wenn ich Ingeborg morgens in der Kita abgeliefert hatte, radelte ich zur Bibliothek, legte meine Bücher vor mich und schaltete den Computer ein. Ich arbeitete bis halb drei, dann holte ich sie wieder ab. Wir gingen auf den Spielplatz, kauften ein, aßen zu Abend, und dann brachte ich sie ins Bett. Am nächsten Morgen wiederholte ich das Ganze. Nachdem ich innerhalb von vier Tagen rund fünfzehn Seiten produziert hatte, schickte ich sie an meine Betreuerin, die mich kurz darauf anrief und vorschlug, uns zu treffen.

Ihre Stimme hatte eine Feinfühligkeit, die mich daran erinnerte, dass sie nicht nur Professorin der Anthropologie war, sondern auch Mutter von Zwillingen, und dass ihre eine Tochter wegen Anorexie in der Klinik gewesen war. Ich radelte zum Kommunalkrankenhaus. Trotz des Schneegestöbers stand sie im Hof und wartete auf mich, als ich kam. Ich folgte ihr in das enge Büro.

Ich war ein bisschen im Zweifel, wie ich die Sache angehen soll, sagte sie und schloss die Tür hinter uns. Im Zimmer roch es schwach nach einem Apfelgehäuse, das in ihrem Papierkorb lag. Vielleicht könnten Sie mir erst einmal erzählen, was Sie – tja, was Sie selbst über das denken, was Sie mir geschickt haben. In eigenen Worten?

Auf dem Tisch vor ihr lag der Stoß Blätter, den sie für unser Treffen ausgedruckt hatte. Sie schob ihn zu mir herüber. Ich starrte auf die erste Zeile, dann die nächste. Sie ergaben keinen Sinn. Die Sätze hingen ganz einfach nicht zusammen. Für sich genommen waren die Wörter nicht zu beanstanden, aber die Reihenfolge wirkte willkürlich, als hätte jemand einen normalen Text genommen und einmal kräftig durchgeschüttelt. Kauderwelsch nennt man das wohl. In meinen Handflächen begann es zu kribbeln.

Erst habe ich gedacht, das wäre ein Versuch, sich hineinzuversetzen in den Zustand der … eine Art Formexperiment vielleicht, sagte die Professorin vorsichtig, aber – wer spricht hier eigentlich?, habe ich mich gefragt. Welche Art von Bewusstsein? Es ist mir nicht ganz klar, wie das zu dem Exposé passt, das ich abgesegnet hatte.

Nein, sagte ich.

Um ehrlich zu sein, habe ich mir Sorgen gemacht. Ich will Ihnen nicht zu nahe treten, aber geht es Ihnen gut?

Ich spürte, wie das Blut aus meinem Gesicht wich und die Haut an meinen Wangen und über der Stirn merkbar kühler wurde.

Die Professorin, die mit einem Ruck vom Stuhl aufgestanden war und jetzt um den Tisch herumging, fragte mich, ob ich eine Tasse Kaffee haben wolle.

Die Nächste, die mir dieselbe Frage stellte, war meine Mutter. Von ihrem Platz neben dem Bett aus, in das meine Eltern mich gelegt hatten. Man (meine Eltern, die Professorin, die Ärztin) einigte sich im weiteren Verlauf darauf, dass ich vorübergehend mit Ingeborg in das Souterrain meines Elternhauses ziehen sollte. Wir blieben über zwei Monate dort. Jeden Morgen nahm mein Vater Ingeborg mit zum Bäcker, damit ich unter der Dusche brüllen und heulen konnte, und an den Wochenenden ließen sie mich ausschlafen und besuchten gemeinsam den Zoo oder das Aquarium. Meine Magisterarbeit ist ausgesetzt, bis ich, wie meine Ärztin sagt, wieder auf der Höhe sei.

Karl reicht mir das Buch zurück und sagt, bei dem Ausdruck ›wieder auf der Höhe sein‹ müsse er immer an Gulliver denken, der zuvor von den wütenden Liliputanern am Boden festgekettet worden war.

Erst jetzt bemerke ich, dass er sich die Haare abrasiert hat. Ohne die langen Haare wirken seine Ohren unnatürlich groß und steif, sie stehen seitlich vom Kopf ab wie glühende Flügel.

Na jedenfalls, sage ich und schlage das Buch noch einmal zu, haben mich die meisten, seit das passiert ist, mit geduldiger Nachsicht behandelt. Hauptsache, es wirkt sich nicht negativ auf Ingeborg aus, denken sie wohl. Ich weiß nicht, wie lange das noch so geht. Ich meine, wann man wieder etwas von jemandem verlangt, der mit einem zweijährigen Kind sitzengelassen wurde.

Karl sagt, er wisse die Antwort darauf nicht.

Sieht gut aus, sage ich und deute auf seine neue Frisur, irgendwie seriöser.

Als Ingeborg endlich eingeschlafen ist, die Haare schweißnass vor Zorn, setze ich mich mit einem Glas Rotwein auf den Balkon. Der Schreck des Vormittags steckt mir immer noch in den Gliedern.

Es hatte den ganzen Morgen in Strömen geregnet, und Ingeborg und ich waren uns in der Wohnung allmählich auf die Nerven gegangen. Ich zog uns Regensachen an und radelte über die Brücke zum Fisketorvet. Ingeborg liebt das Einkaufszentrum. Sie lachte glücklich beim Anblick der Rolltreppen und zog mich über die glänzenden Böden in Richtung des Indoor-Spielplatzes und des Aquariums mit den tropischen Fischen. Ich merkte nichts. Ich hatte mich schon den ganzen Tag mit Gedanken an Benjamin ausgestopft gefühlt, oder vielleicht war es eher so, als müsste meine Umgebung erst durch Benjamins Gesicht hindurchrieseln wie Sand durch ein Sieb, ehe sie mich erreichte. Ich stellte mir vor, was er machte. Was er aß. Mit wem er seine Zeit verbrachte. Ob dort, wo er war, gerade Nacht war, und ob er, wenn er schlief, auf dem Rücken schlief, wie er es immer getan hatte. Ob er mit dem Rad fuhr oder mit dem Auto. Vielleicht schwamm er im Meer?

Während ich dasaß und das letzte bittere Wasser zwischen den Eiswürfeln in meinem Kaffee aufsog, passierte es: Ich wollte Ingeborg finden und rief nach ihr, doch als ich aufblickte, war sie nicht mehr da. Ich stand auf, um einen besseren Überblick zu bekommen. Keine Ingeborg. Ich hatte sie eben noch in der Schlange vor der Rutsche stehen sehen, und jetzt war sie weg. Ich nahm meinen Rucksack und eilte auf die andere Seite des Aquariums. Sie war mir noch nie weggelaufen. Zwei Kinder pressten ihre Nasen ans Glas. Ein kaltes Feuer stieg in meinem Hals auf. Ich versuchte, mich zu erinnern, was sie anhatte. Das lila Kleid mit dem Wassermelonenmuster? Das war gestern gewesen. Ich hatte ihr feines dunkles Haar auf dem Kopf zu einer Palme zusammengebunden, das wusste ich. Das erste Gummiband war zwischen meinen Fingern gerissen, ich hatte geflucht und es bereut.

Sie brauchte ein Wort nur einmal zu hören, um es selbst zu benutzen.

Ingeborg, rief ich, Ingeborg!

Konnte sie in den Føtex gelaufen sein? Dort gab es auch eine Spielzeugabteilung, vielleicht erinnerte sie sich daran? Aber ich durfte auch nicht weg sein, wenn sie zum Spielplatz zurückkam. Ich könnte sie ausrufen lassen. Würde sie es hören? Würde sie erschrecken, wenn ihr Name aus dem Nichts schallte? Wenn sie mir das Mikrofon überließen: Meine zitternde Stimme würde das ganze Einkaufszentrum erfüllen und alle erschaudern lassen.

Ich fand sie drüben beim Bäcker vor den Slush-Ice-Maschinen. Sie hatte die Hände in die Taille gestemmt und sah zu, wie sich die Rührstäbe durch die körnige rote und blaue Eismasse pflügten. Ich packte sie von hinten und hob sie hoch. Gelbe Shorts und das T-Shirt mit der Katze. Wie konnte ich vergessen, was ich meiner Tochter am selben Morgen angezogen hatte? Was, wenn sie tatsächlich verschwunden wäre und man mich um eine Personenbeschreibung gebeten hätte? Was für eine Mutter war ich? Den Kopf in den Wolken. Den Kopf voller Scheiße. Ich presste mein Gesicht an ihren zarten Hals.

Lass mich runter, rief sie, ich habe noch *nicht* fertig geguckt, Mama.

Ich ließ sie nicht mehr aus dem Blick, bis ich sie vollkommen erschöpft zum Fahrrad trug und wieder nach Hause fuhr.

Jetzt, nach einem anderthalbstündigen Tauziehen, schläft sie endlich. Ich sitze da und überlege gerade, ob ich mir ein drittes Glas Wein holen und mit dem Kater am nächsten Morgen leben soll, als etwas Großes und Schweres ein paar Meter entfernt von mir auf dem Balkon landet.

ARGH, schreie ich und schlage so wild um mich, dass das Glas gegen die Mauer fliegt und in Scherben geht.

Karl lacht. Er zieht am Schlafsack, der an der Dachrinne festhängt, woraufhin er sich löst und wie ein Ohnmächtiger in seine Arme fällt.

Sitzt du oft da oben?, frage ich und lege eine Hand auf mein hämmerndes Herz.

Karl dreht sich herum, blickt auf das flache Dach, von dem er gekommen ist, und antwortet, oft sei vielleicht zu viel gesagt.

Wie machst du das?

Er wirft den Schlafsack beiseite und springt in zwei langen Schritten aufs Dach.

Es ist schwer, aber nicht unmöglich. Nach ein paar Versuchen gelingt es mir auch. Ich trete auf die Dachrinne und mache mich für die Sekunde leicht, die ich brauche, um den geraden Rand der

Dachgaube zu fassen zu bekommen, und so klettere ich, mit den Füßen auf den schrägen Dachziegeln abgestützt, und krabble auf den flachen Teil des Dachs hinauf. Die pilzförmigen Lüftungen rauschen sanft. Am Himmel vor uns zerfließt der Tag. Die aufgeblähte Sonne zittert und zuckt, und als sie hinter dem Radisson-Blu-Hotel hinabgleitet, werden die Eckfenster durchleuchtet, sodass die eine Seite des Gebäudes aussieht, als würde sie nur aus seinem Skelett bestehen, während der übrige Teil grünlich massiv ist.

Anfangs bleibe ich in der Mitte des Dachs, aber ich werde schnell waghalsiger. Mein Herz schlägt heftig in der Brust, als ich zum Rand gehe, das letzte Stück krabbele und mich setze. Ich lasse die Unterschenkel herabhängen. Es zuckt in meinen Armen, und ich spüre, wie mein Puls steigt. Während ich mich vorbeuge, schießt die Möglichkeit des Falls in meine Fußsohlen, an den Innenseiten meiner Oberschenkel entlang und in mich hinein, bis sie in meinem Unterleib explodiert. Ich schnappe nach Luft und richte mich auf.

Wow!, sage ich und drehe mich um. Karl nickt und lächelt, er sieht gut aus in dem grünen Mantel und mit dem Hut, dessen weiche Krempe seine Ohren verdeckt. Er sagt nicht: Sei vorsichtig, oder: Pass lieber auf. Ich glaube, für ihn ist das Dach ein

Ort wie jeder andere. Nicht mehr oder weniger gefährlich.

Als ich mir ein paar Stunden später die Zähne putze, ertappe ich mich dabei, wie ich einen idiotischen Popsong summe.

Es stürmt, der orangefarbene Sonnenschirm hat sich losgerissen und will gerade über das Geländer fliegen. Ich bekomme ihn im letzten Moment zu fassen und binde ihn wieder fest. Heute lief die Übergabe in der Kita gut. Ellen, die von Ingeborg vergöttert wird, hat sie mitspielen lassen, und ich war plötzlich Luft, vollkommen überflüssig.

Unten im Hof ruft eine junge Frau in Hausschuhen ihre Bulldogge mit derselben erzwungenen Autorität, die ich auch Ingeborg gegenüber aufsetze, wenn wir unter Menschen sind. Die Frau und ihr Hund sind letztes Jahr ins Haus gezogen. Sie hatten die Wohnung von einem Mann übernommen, der mir während meines Mutterschutzes aufgefallen war. Zweimal am Tag *musste* er im Anzug, eine Lammfelljacke über die linke Schulter geworfen, zur Haustür raus. Dort berührte er abwechselnd mit dem rechten Fuß eine bestimmte Anzahl von Malen den Bürgersteig und die Treppenstufe. Wenn in diesem Moment jemand vorbeikam, musste er von vorn anfangen. Ein einziges Mal sah ich ihn außerhalb unseres Innenhofs, im Fenster eines chinesischen Restaurants. Er trug seinen anthrazitfarbenen Anzug, die Lammfelljacke konnte ich nirgends entdecken. Ihm gegenüber saß eine feine ältere Dame, sie aßen Suppe aus einer Schale und machten keine Pause. Jemand hatte eine Geburtstagsflagge so mittig auf den Tisch gestellt, dass man unmöglich erkennen konnte, wer wen feierte. Als ich Benjamin die Geschichte erzählte, schlug er vor, dass die Flagge auch einer Person zugedacht gewesen sein könnte, die gar nicht anwesend war; dem verstorbenen Vater oder Ehemann zum Beispiel.

Hier oben auf dem Dach sind die Böen kräftig. Ich setze mich in den Windschutz des Schornsteins und halte meine Jeansjacke am Hals zusammen. Auf dem Gebäude gegenüber landet eine Elster. Ingeborg erkennt inzwischen die geläufigsten Vogelarten. Krähe, sagt sie, Spatz und Lachmöwe, Kohlmeise. Vor Kurzem hat sie auf eine Mohnblume gezeigt und Mohnblume gesagt. Manchmal sprechen uns fremde Menschen auf der Straße oder in der Schlange des Supermarkts an und machen mir Komplimente für ihre Sprache. Dann fühle ich mich immer ein bisschen geschmeichelt, obwohl ich mir darüber im Klaren bin, dass es nichts mit mir zu tun hat. Ingeborg ist nicht mein Werk, präziser wäre es, sie als mein Medium zu bezeichnen.

Inzwischen brauche ich keinen Anlauf mehr. Ich gehe direkt an den Rand und setze mich, schließe die Augen und beuge mich vor. Für einige Sekunden atmet, rauscht und rieselt und braust alles durch mich hindurch. Ich mache so lange weiter, bis die Wirkung verebbt und mich angenehm leer zurücklässt. Um kurz nach zwei krabbele ich herab und lege einen Fruchtriegel und eine Banane in meine Tasche. Das Hoffnungsvollste an mir ist, dass ich immer vor drei Uhr in der Kita bin.

Den ganzen Abend über hat Ingeborg ohne Vorwarnung oder erkennbaren Grund ihre Wutanfälle. Ich warte jedes Mal, bis sie sich müde geschrien hat, und wenn ihr Schreien dann in ein heiseres Schluchzen übergegangen ist, hebe ich sie vom Boden hoch und drücke sie fest an mich. Doch selbst dann windet sie sich und schluchzt, als wollte ich ihr etwas antun – als hätte ich ihr von Anfang an etwas angetan.

Seit unserem Abend auf dem Dach habe ich nichts anderes von Karl mitbekommen als das Fenster, das mal gekippt ist und mal geschlossen. Irgendwann hatte er draußen einen Wäscheständer aufgebaut, den er jedoch nicht benutzte, ehe er ihn wieder wegräumte. Ich würde lieber nicht denken, dass er mir aus dem Weg geht.

Ich lege das Babyfon auf den Boden neben das Bett, dann ziehe ich Schuhe an und öffne die Balkontür. Es regnet, aber kurz darauf bin ich trotzdem auf dem Dach. In seiner Küche brennt Licht, und ich kann Musik hören. Der Abgrund, der unsere Balkone voneinander trennt, existiert hier

nicht. Ich kann mich problemlos auf seine Seite bewegen, und wenn ich mich hinlege und zum Rand
robbe, kann ich das Fenster erreichen. Ich klopfe
dagegen, habe aus dieser Position heraus aber nicht
viel Kraft. Ich krieche weiter vor und schlage mit
der flachen Hand an die Scheibe. Als ich höre, wie
ein Fensterhaken geöffnet wird, ziehe ich den Arm
zurück und warte.

Hier oben, flüstere ich.

Er freut sich, mich zu sehen, und im nächsten
Augenblick steht er auf dem Balkon und lächelt,
die Hände in die Seite gestemmt, zu mir hoch.
Seine Jacke mit dem Tarnmuster hat einen dunk-
leren Streifen über den Schultern vom Regen.

Hey, *stranger*, sage ich, du warst einfach verschwunden.

Karls Gesicht ist schwer zu deuten. Seine Züge
scheinen wie in die Breite gezogen, und es verschwindet immerzu in der Dämmerung. Er zuckt
die Achseln und sagt, jetzt sei er da.

Wir setzen uns eng nebeneinander, an den
Schornstein gelehnt. Ich lege meinen Kopf auf
seine Schulter. Der Leinenstoff riecht wie das Klos-
ter, das ich einmal auf einer Reise nach Narbonne
mit meinen Eltern besucht habe. Zugleich staubig
und feucht. Das war lange vor Ingeborg, lange vor
Benjamin. Damals, im Rosengarten des Klosters,

dachte ich an einen Jungen aus meinem Gymnasium, an die lila Ränder unter seinen Augen, an die Verliebtheit, die ihn aus irgendeinem Grund zum Mittelpunkt meines Begehrens machte. Karl hingegen hat denselben Effekt auf mich wie ein Stapel sauberer Geschirrtücher. Er lässt mich kalt.

Der Regen hat nachgelassen. Karl betrachtet mich mit hinter dem Kopf verschränkten Händen, als ich aufstehe und an den Rand trete. Nur einmal, denke ich. Ein einziges Mal und dann sofort ins Bett. Ingeborg wird in wenigen Stunden aufwachen, und mit ihr wird alles von vorn beginnen.

Der Hof liegt im Dunkeln, die Metallteile der Fahrräder funkeln, und die Blumenkästen, die wir letztes Wochenende beim nachbarschaftlichen Arbeitstag gebaut haben, gleichen kleinen Särgen. Ich setze mich und schwinge erst das eine, dann das andere Bein über die Kante, meine Hosenbeine rutschen hoch, und ich schramme mir die Wade an einem Stück verbogen Metalls auf. Ich beuge mich erneut vor. Ein Zucken im Unterleib, mehr nicht. Vielleicht werde ich allmählich immun? Der Gedanke erschreckt mich. Ich beuge mich weiter vor und wippe zurück, um einschätzen zu können, wie unbeeindruckt ich bin. Es bleibt gleich. Ich unternehme einen letzten Versuch, verlagere meinen

Schwerpunkt weiter nach vorn als je zuvor, aber selbst da spüre ich nichts Nennenswertes.

Du hast dich daran gewöhnt. So ist es mit allem.

Nein, nicht mit allem.

Es stimmt, an alles gewöhnt man sich nicht, da fällt mir ein ...

Ja?

Wo ist unsere Tochter?

Kümmere dich um deinen eigenen Kram.

Schläft sie?

Kümmere dich um deinen eigenen Kram. Ingeborg geht es gut.

Aber –

Sie schläft.

Ah, gut ... Gut.

Du?

Mm.

Ich musste daran denken, dass du dich getäuscht hast: Es ist nicht alles schon vorher da. Ohne eine Art und Weise zu sehen und einen Standpunkt, von dem aus man sieht – ohne das sieht man überall nur Alternativen. Fluchtrouten, Kaninchenbauten, Kreisverkehre. Jede Sache kann durch eine beliebige andere ersetzt werden.

...?

Ist denn nicht genau das passiert? Dass Ingeborg und ich für dich undeutlich wurden und verschwanden, lange bevor du für uns verschwunden bist? Zwei menschenähnliche Figuren, die immer kleiner und kleiner werden dort am Kai.

Ich kann dir nicht folgen … Kaninchenbauten?

Vergiss es, es war nur ein Gedanke. Ein kleiner Pieps aus dem Nebel.

Ich weiß nicht, ob ich schreie. Ich glaube nicht, dass ich es schaffe. Er hat eine flache Hand zwischen meine Schulterblätter gelegt und mich nach vorn gestoßen und erst im letzten Moment mit der anderen Hand gepackt. Jetzt bändigt er meine fuchtelnde freie Hand und schlingt seine Unterarme um meine, bevor er mich knapp über dem Ellbogen packt. Die Angst durchtobt mich. Mein ganzer Körper zittert, und ich habe mir auf die Zunge gebissen. Er hält mich weiter fest, so fest, dass ich spüre, wie mir das Blut aus den Händen weicht, während er sich auf den Bauch legt. Meine Schuhspitzen kratzen an der Fassade, als ich noch einen halben Meter tiefer hinabgelassen werde. Er atmet schwer, aber regelmäßig und unangestrengt. Er lächelt mich an. Ich möchte etwas sagen, aber aus meinem Hals kommt nur ein kläglicher Laut. Meine Hände pochen, und ich merke, dass ich mir in die Hose gemacht habe, der Urin läuft warm an meinen Beinen hinab und füllt den Gummistiefel.

Nein, quäke ich, zieh mich hoch.

Mit einiger Kraftanstrengung packt er mich weiter unten an den Schultern. Es tut weh, und jetzt schreie ich.

Hilfe! Hör auf damit!

Ich beginne zu weinen, es brennt in meinen Schultern. Seine Finger bohren sich tief in die dünne Haut an den Achselhöhlen. Ich presse die Lippen zusammen, um nicht wieder schreien zu müssen. Ich kann die Leere unter mir spüren, wie sie mich nach unten zieht und sich ausdehnt. Ich warte.

Doch nicht, japse ich, *doch nicht.*

Mühelos zieht er mich wieder hoch über den Rand. Ich liege auf dem Bauch quer über seinen Beinen. Meine Hose ist nass vom Urin, meine Schultern schmerzen. Ich bewege mich nicht, lausche nur seinem Atem und meinem, der flach und japsend klingt. Ich weiß nicht, wie viel Zeit vergangen ist, als er mich vorsichtig von seinen Beinen hebt und umdreht. Ich liege auf dem Rücken, mit Blick in die Wolken, die vor dem abnehmenden Mond zerfasern. Es hat wieder begonnen zu regnen. Vereinzelte Tropfen landen wie Nägel auf meiner Stirn. Ich höre, wie er mit einem Plumps auf dem Balkonboden auftrifft, höre die Tür und die quietschende Gummileiste. Dann ist er weg.

Die Küche riecht nach unserem Abendessen. Ich hänge die nassen Sachen über die Stange des Duschvorhangs und wickle mir ein Handtuch ums Haar. Ich trockne mir gründlich das Gesicht, den Hals, die Hände. Die Luft in Ingeborgs Zimmer ist von ihrem grasartigen Atem verbraucht. Ihr Mund ist verknautscht und offen in das Kissen gedrückt, und ihr rechter Fuß ragt durch die Gitter des Betts. Ich knie mich hin und nehme ihn in meine Hand.

Ingeborg ist am wärmsten, flüstere ich.

Das ist etwas, womit sie neuerdings angefangen hat. Ist deine Hand wärmer als meine, Mama? Manchmal sind sie gleich warm, dann sagt sie: Keine Hand ist am wärmsten.

Anso erhält das letzte Wort

Ah! Das Warten ist vorbei, denn da kommt er endlich. Er ist es wirklich. Er geht schnell, schwingt die Arme, und ich kann es nicht fassen. Er trägt eine Sonnenbrille und hat nackte, glänzende Schultern. Der Himmel über dem Bahnhof ist wolkenfrei, und mir tun schon die Augen weh, weil ich sie so lange zusammengekniffen habe, während ich hier stand und gewartet habe, dass er zwischen den vielen gleichgültigen Menschen auftaucht, die bereits an mir vorbeigegangen sind. Wie ungerührt ich ausgesehen haben muss, denn sie bedeuteten mir gar nichts. Seit fünfzehn Minuten stehe ich an dasselbe Schaufenster gelehnt, mit meiner Tasche zwischen den Beinen, habe mich ganz dem Warten hingegeben. Ich habe meine rote Jacke aufgemacht, hier in der Ecke ist es windstill, und außerdem hätte ich gerne, dass er so schnell wie möglich so viel wie möglich von mir zu sehen bekommt. Unter der Jacke trage ich das gelbe Kleid mit den dünnen Trägern. Ich warte auf meinen Geliebten, und ich bin erleichtert, als ich sehe, dass er eine Verabredung einhalten kann. Er bleibt stehen, und ich begreife, dass er mich trotz meiner roten Jacke noch nicht erkannt hat. Er sucht einen schattigen Platz vor einer Wand mit Plakaten für Konzerte und Theatervorstellungen, die wir nie sehen werden. Ein merkwürdiger Gedanke, aber ich habe keine Zeit zum Nachdenken, denn jetzt hebt er seinen Blick zu einem Punkt links von mir, und ich kann mich nicht halten. Ich hebe den Arm und winke wie ein Idiot, ich winke und winke, bis er mich sieht – und lächelt. Ich nehme meine Tasche und stelle sie doch wieder ab, denn wie soll er mich damit umarmen?

Er fragt, ob ich hungrig sei. Wir gehen, wie er es schon gesagt hatte, durch den Park in Richtung Hotel, und da ist die Sonne, und da sind Bäume, hinter denen die Sonne sich verstecken kann und durch die sie wieder auftaucht, vom Laub in kleine Stücke zerteilt. Und wie in seinen Beschreibungen ist der Park lang, aber sehr schmal. Aber ich kann die Hecke auf beiden Seiten des Rasens sehen. Es ist eher ein Läufer oder eine Bahn als ein Park. Er trägt meine Tasche, obwohl sie gar nicht so schwer ist. Ich bin größer als er, überhaupt ist er zart gebaut, und mir schießt es in den Kopf, dass ich mehr wiegen muss als er. Wenn nicht sieben Kilo, so doch mindestens fünf.

Warum tauchen die Namen der Mädchen jetzt in mir auf? Wie ein Windhauch. Hier? Das Zimmer ist nicht groß und wird schnell von den Dämpfen aus dem Bad erfüllt. Ich liege auf der glatten Überdecke und lausche der Dusche. Wie lange ich auf diesen Augenblick gewartet habe! Ihn mir herbeigesehnt und erträumt, seit er angefangen hat, mir von *der kleinen Stadt* und diesem *netten, kleinen Hotel* zu schreiben. Ich, die sonst nie lügen kann. Er hätte mich hören sollen, er wäre stolz auf mich gewesen. Außerdem: Wenn ich nicht mitgekommen wäre, dann eine andere. Das sagt Archie, so redet er. Davon kann man halten, was man will, aber es ist ja nicht *ihr* Vater. Mr O'Brien ist ein guter Mann, doch er sagt mir nichts. Trotzdem sehe ich die Mädchen vor mir, wie sie aussehen, wenn ich sie bettfertig gemacht habe. Nachdem ich ihnen etwas zu essen gegeben und ihnen die Gesichter gewaschen und die Zähne geputzt und das Haar gekämmt und geflochten habe, wie sie in genau diesem Augenblick vor mir stehen, so sehe ich sie. Jede verlangt drei Küsse, auf die Wangen und auf die Stirn. *Night, Sophie.* Ich rolle mich auf die Seite und rieche an dem Zeigefinger, der noch vor kurzem in Archie steckte. Ich gebe mir Mühe, mich nicht zu ekeln.

Er redet ununterbrochen. Auch jetzt, während er sich anzieht. Archie beschreibt seine Mutter, deren Nase und Haar er geerbt hat. Wie sie seine ganze Kindheit über von dem Essen sprach, das sie vermisste. Für sie waren die Lebensmittel, die man in den Supermärkten in Auckland kaufen konnte, eine Art essbares Plastik. Sie würden den Körper nähren, aber nicht die Seele. *Ko hiakai toku wairua,* seufzte sie. Meine Seele hungert, und trotzdem werde ich jedes Jahr fetter. Alle paar Monate schickte ihre Familie Pakete mit Kokosnüssen und Mangos und Tarowurzeln, die geschält und in kleine Stücke geschnitten waren, und auch Süßigkeiten und Krabbenpastete, die meistens aus ihrer Packung gequetscht worden und in der Hitze oder Kälte des Laderaums verdorben war. Im Gegenzug packte sie einmal im Jahr einen Koffer mit kleinen Handtüchern, Kaffee, Lammkeulen, Bügeleisen und Transistorradios und flog zurück auf ihre Insel, um die Sachen unter ihren wartenden Familienmitgliedern zu verteilen. Sie führte Buch darüber, wem sie was schuldig war und wie viel. Dieser Geruch, der Gestank, der sich im Wohnzimmer ausbreitete, wenn er eine der länglichen, türkisfarbenen Styroporkisten öffnete, gehörte zu den klarsten Kindheitserinnerungen, die er besitzt. Archie schließt seinen Gürtel und sieht mich an, als wäre ich eine Kartoffel, die in aller Heimlichkeit, im Schutz der Dunkelheit, gekeimt hat, und fragt, ob ich nicht ins

Bad gehen wolle. Ob ich mich nicht beschmutzt fühlen würde? Ich bin nicht in der Stimmung. Meine Engel wollen mich nicht in Ruhe lassen … *Good night little hummingbirds.* Er zieht mich neckend am großen Zeh, aber ich finde es schöner so. Liegen zu bleiben. Weiter verschwitzt und faul zu sein. Hör jetzt auf, Archie. In den Bäumen im Park des Hotels schimpfen die Vögel, wobei, wie kann ich sicher sein, dass es Vögel sind? Ihre Geräusche sind ausgefranst und unangenehm. Es könnten auch Hunde oder Maschinen sein. Archie schiebt die Gardine beiseite und öffnet das Fenster. Ich beobachte, wie die Sonne auf seine Arme und seinen Rücken fällt, in seinen schwarzen Locken glänzt. Wenn ich die Augen schließe, verschwindet der Raum, und die Decke unter mir wird steil wie eine Wasserrutsche.

Die Kellnerin lächelt herablassend, als wir den Nachbartisch mit benutzen müssen. Sie kehrt die ganze Zeit mit Gerichten zurück, die wir offenbar auch noch bestellt haben. Es sei denn, wir werden ausgetrickst, über der laminierten Speisekarte in der Hand habe ich den Überblick verloren. Reis in Flechtkörben und Dumplings mit Krabben und Schweinefleisch, gebratene Frühlingsrollen, glasige Bohnensprossen und eine Suppe, die nach süßer

Bouillon schmeckt. Die Rindfleischstücke haben einen Fettrand und schwimmen an der Oberfläche. Ich kippe Sojasauce auf den Reis und kann mir einen großen Klumpen mit den Stäbchen schnappen, während er weiter sein Leben vor mir ausbreitet, als würde es nichts bedeuten. Henry ist jetzt schon groß, fünf Jahre alt. Edwina hätte gern noch ein Kind, sie hofft, dass es ein Mädchen wird. Henry ist so ein typischer Junge, er tobt durch die Gegend, ich hätte gern ein Kind, das ich verhätscheln und dem ich Zöpfe flechten kann. So etwas sage sie, und dann bekomme Archie Lust, sie zu schlagen, erklärt er und hebt die rot lackierte Schale und trinkt, wischt sich den Mund und das frisch rasierte Kinn ab. Sie bestrafen, ihr wirklich wehtun, ohne Rücksicht darauf zu nehmen, dass sie Henrys Mutter ist. Dafür, dass sie so dumm ist. Ich sage, ich könne ihn verstehen. Es sei sein gutes Recht, wütend zu sein, es sei albern, sich so etwas zu wünschen. Aber dann kamst du, sagt Archie. Er sagt, ich könne gut mit Kindern umgehen, würde durch die Gegend tollen, als wäre ich selbst eins. Sie nennen mich *Sophie,* aber er bevorzugt meinen vollständigen Namen, obwohl er ihn nicht aussprechen kann. Jetzt kommt schon wieder die ewige Kellnerin mit einer Schüssel in jeder Hand angeschlichen – ein Salat aus frischen Bambussprossen und Gurke und gedämpfter Kohl mit Knoblauchflocken und Ingwer. Wenn wir den Serviettenhalter an den Rand des Tisches schieben, passen sie gerade noch drauf. Ich klemme ein Kohlblatt zwischen die Stäbchen und verbrenne mich an dem breiten, saftigen Stängel. Es entgleitet mir und landet mit einem Klatschen auf meinem Teller, sodass Tropfen von der klaren Flüssigkeit auf die Tischdecke und mein Kleid spritzen.

Was machst du da? Benimm dich gefälligst ordentlich. Er deutet mit einem seiner Stäbchen auf mich, und wie immer ist seine Bösartigkeit unerwartet und erfrischend, wie ein Delfinrücken, der auftaucht und die glatte Oberfläche seiner Persönlichkeit durchbricht. Man bekommt Lust, zu johlen und zu klatschen. Hör mal, sagt er, lass mich ehrlich sein. Ich fürchte, dass ich im Nu mit dir fertig bin. Du bist so perfekt und gewöhnlich wie ein Ei. Jetzt legt er die Stäbchen beiseite und nimmt mein Gesicht zwischen seine Hände. Er zieht es so weit über den Tisch, dass mein Körper nachkommt, und ich stoße die Schale mit der süßen Chilisoße um. Die Kellnerin sieht von ihrem Barhocker aus zu, dreht sich erst in die eine Richtung, dann in die andere. Sollte sie die Geschichte ihrem Mann oder ihrer Schwester erzählen, wenn sie heute Abend nach Hause kommt, nach Frittierfett stinkend und mit geschwollenen Füßen, die sofort hochgelegt werden müssen, hoffe ich, sie erwähnt das folgende Detail: *Die kalte Soße lief aus der Schale über die Tischdecke und erreichte ihren nackten Ellbogen.*

Dank

Ich danke Ivans Großeltern und Susanne, Nesrin und Seow Yin für ihre Zeit.

Und Louise, Christina, Thomas, Martin, Minna und Anna dafür, dass sie mitgelesen haben.

Ein ganz besonderer Dank geht an Iben. Danke, Nitesh, für Deine Geduld. Und danke, Matias, für Dein Vertrauen.

Caroline Albertine Minor
*Der Panzer
des Hummers*

Roman · Diogenes

Roman
Aus dem Dänischen von Ursel Allenstein
336 Seiten
Auch erhältlich als eBook und Hörbuch-Download

Nach dem Tod der Eltern haben sich die drei Geschwister der Familie Gabel auseinandergelebt. Während die alleinerziehende Sidsel in einem Kopenhagener Museum arbeitet, schlägt sich Niels als Plakatierer durch. Ea, die älteste der drei, lebt in San Francisco und versucht, Kontakt zur verstorbenen Mutter aufzunehmen. Doch dann müssen die Geschwister auf einmal Stellung zueinander und zu ihrer Vergangenheit beziehen. Ein beglückendes Buch über das Wagnis, alte Hüllen abzustreifen und Veränderung zuzulassen.